◇床店の古着屋
『江戸職人歌合』（石原正明著、文化五年）、国会図書館蔵

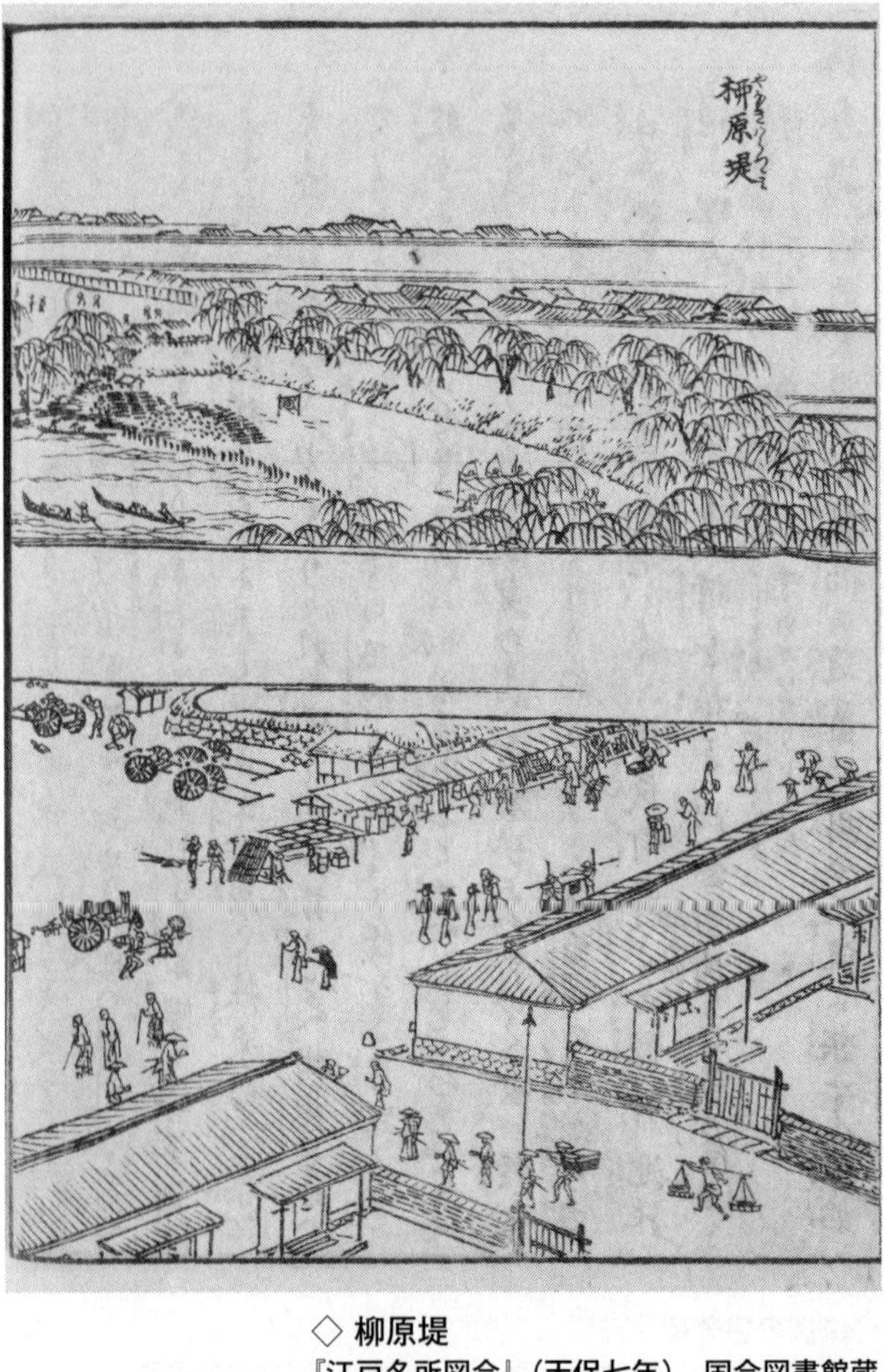

◇ 柳原堤
『江戸名所図会』（天保七年）、国会図書館蔵

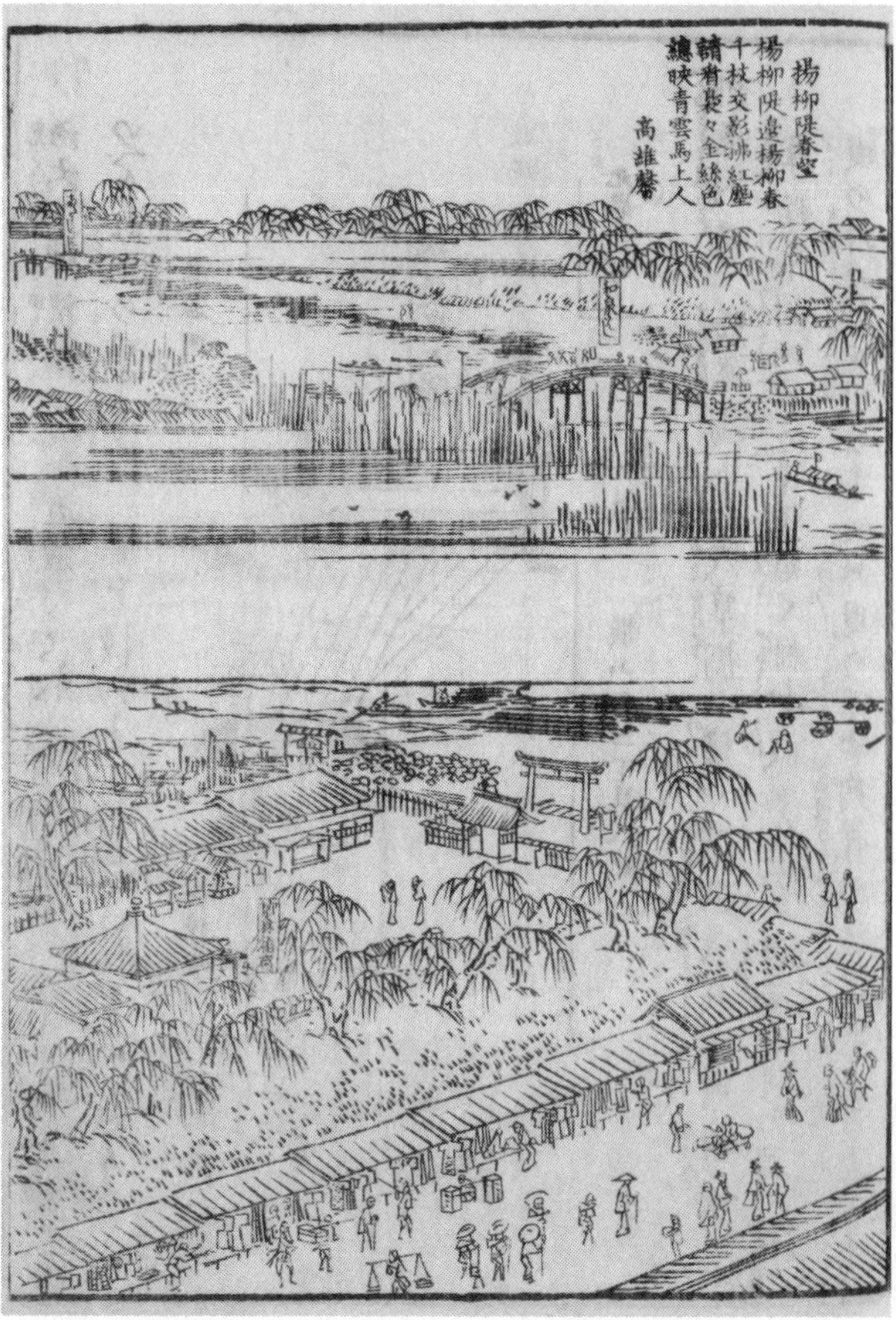
揚柳隄春望
揚柳隄邊揚柳春
千枝交影沸紅塵
隋有裊々全綠色
纔映青雲馬上人
高維馨

項椎側面　　項椎背面　　春椎全形

掌指骨

骶骨

膝骨

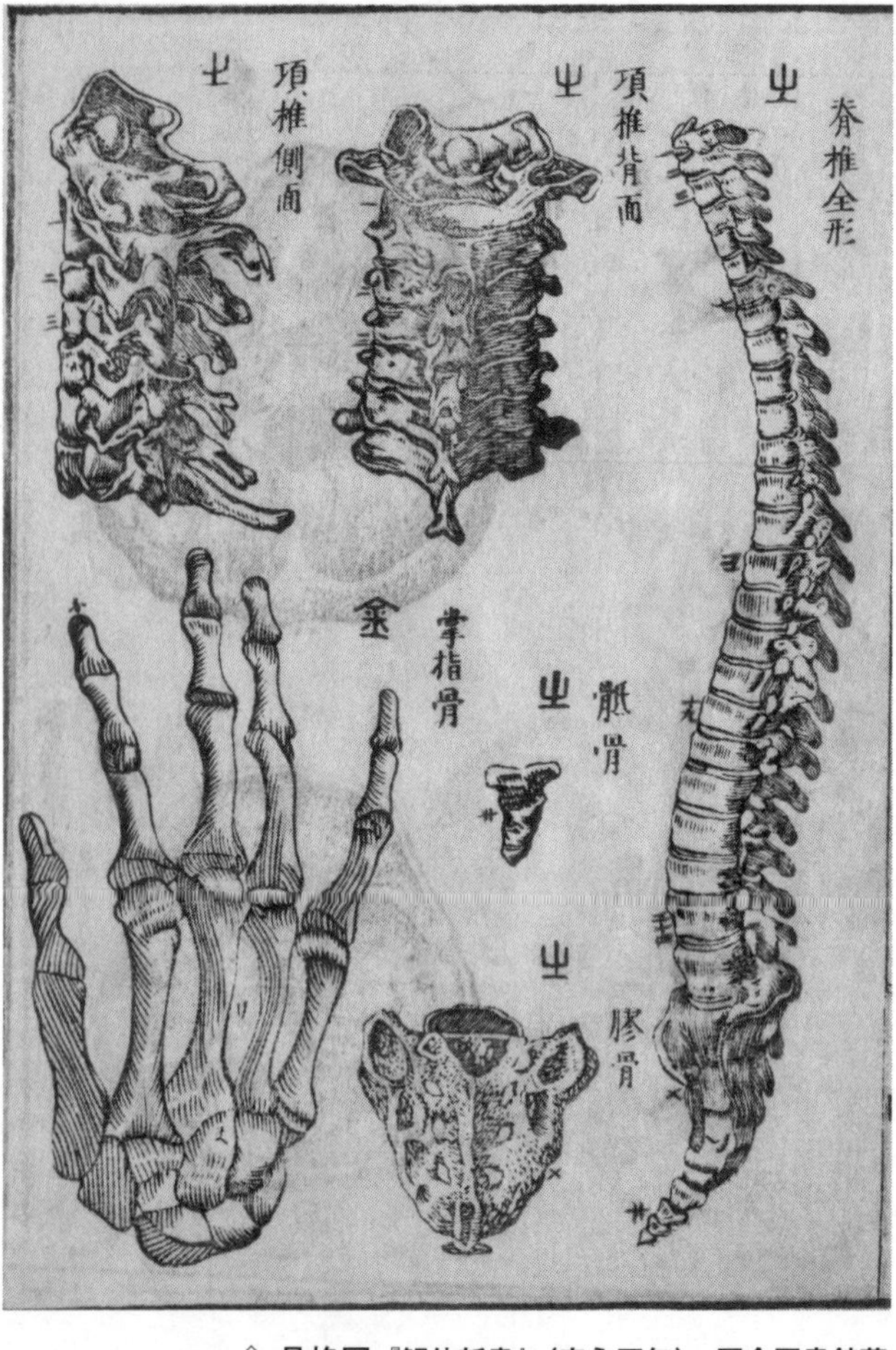

◇ 骨格図『解体新書』（安永三年）、国会図書館蔵

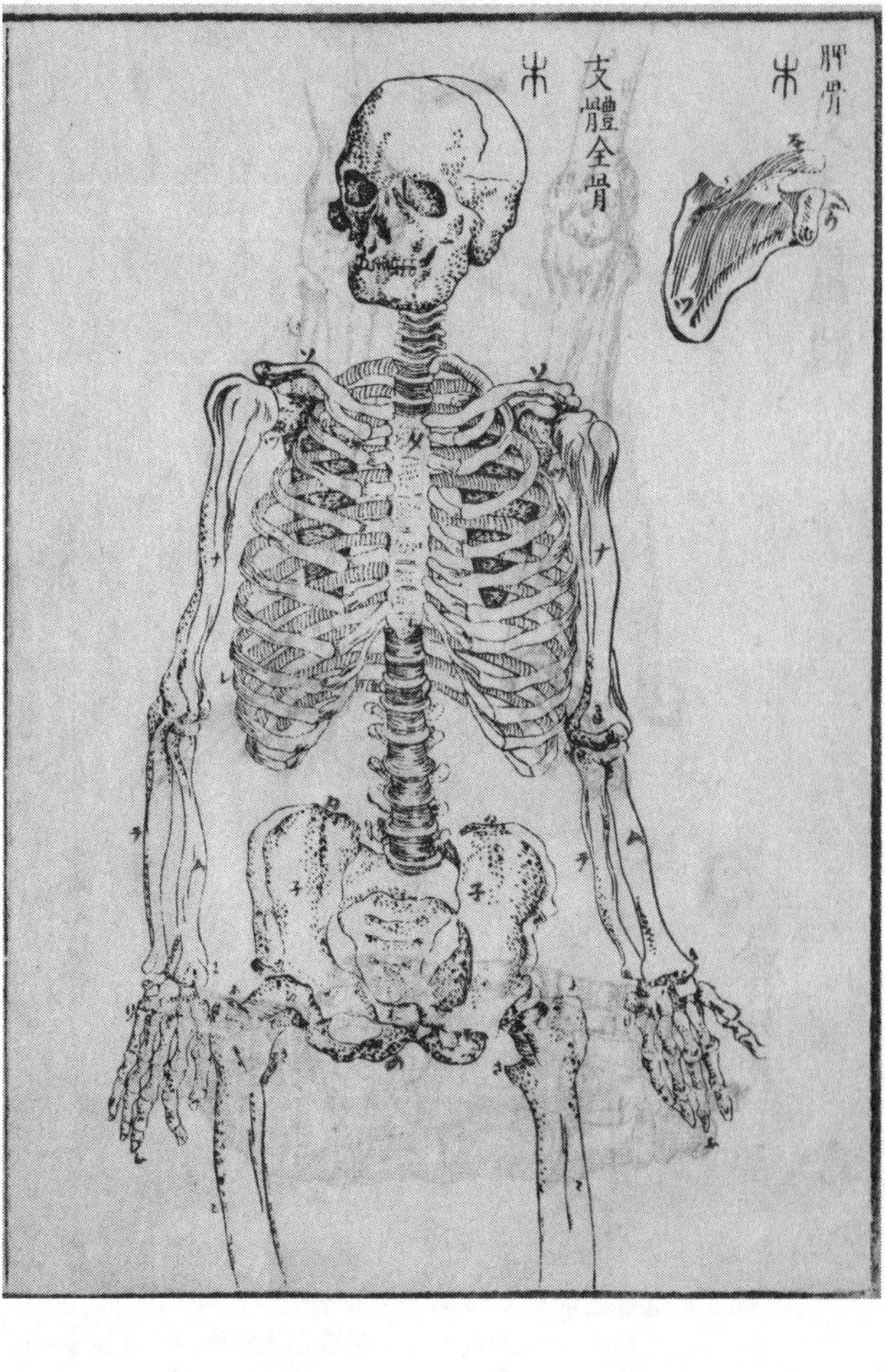
胛骨
支體全骨

◇ 春画の大陰茎と無理な体勢
『つひの雛形』（葛飾北斎、文化九年）、国際日本文化研究センター蔵

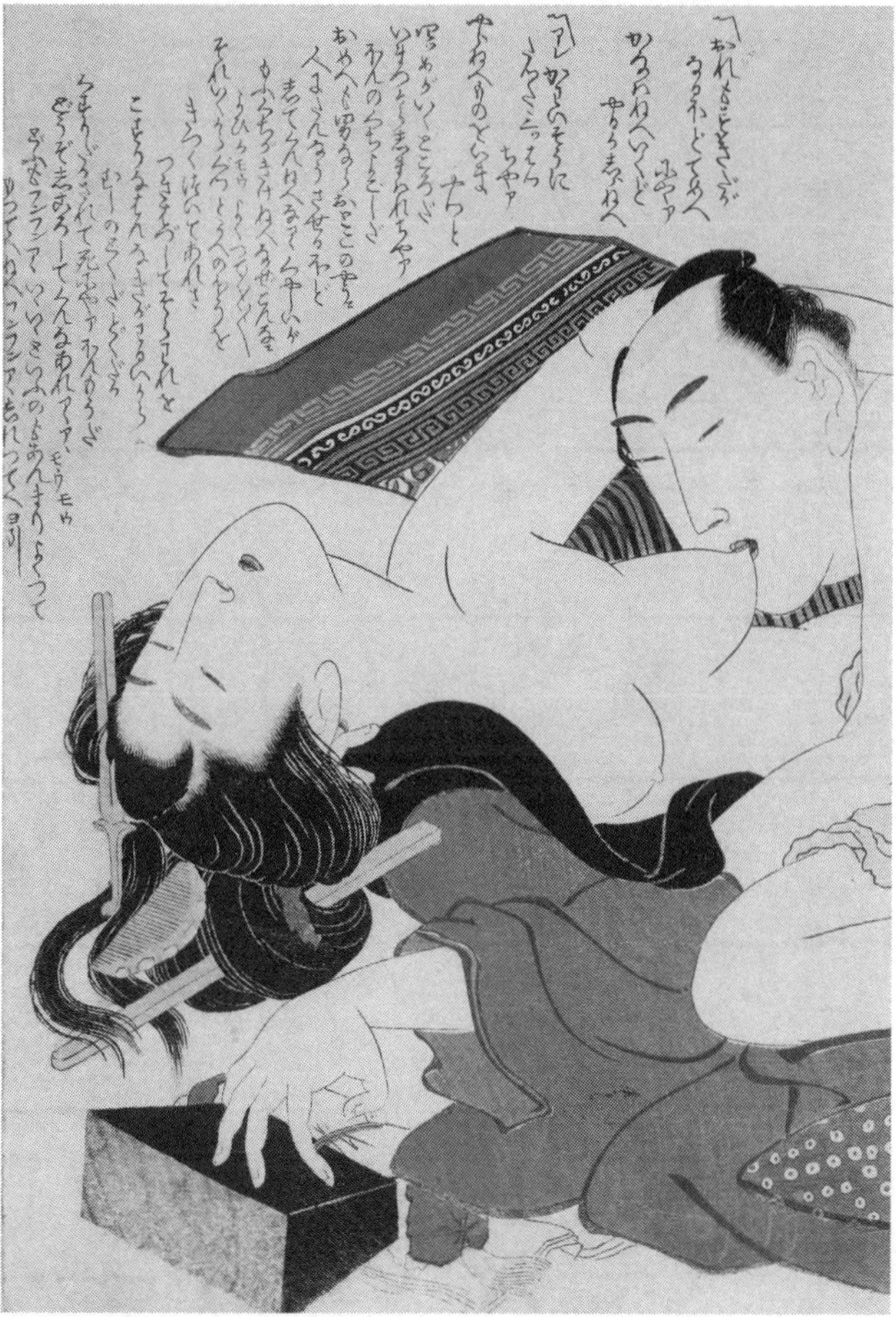

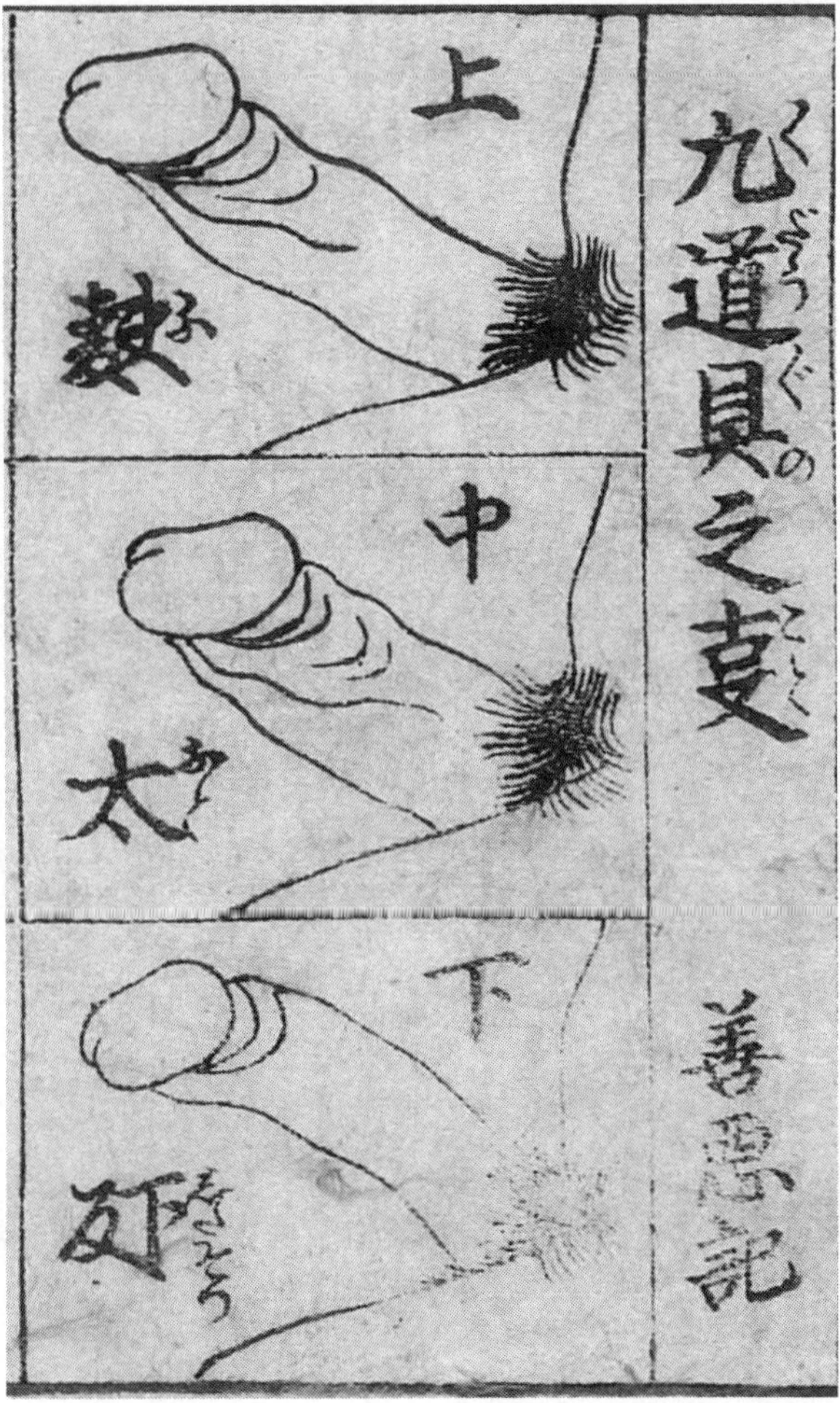
九道具之支
善悪記
上
数
中
太
下

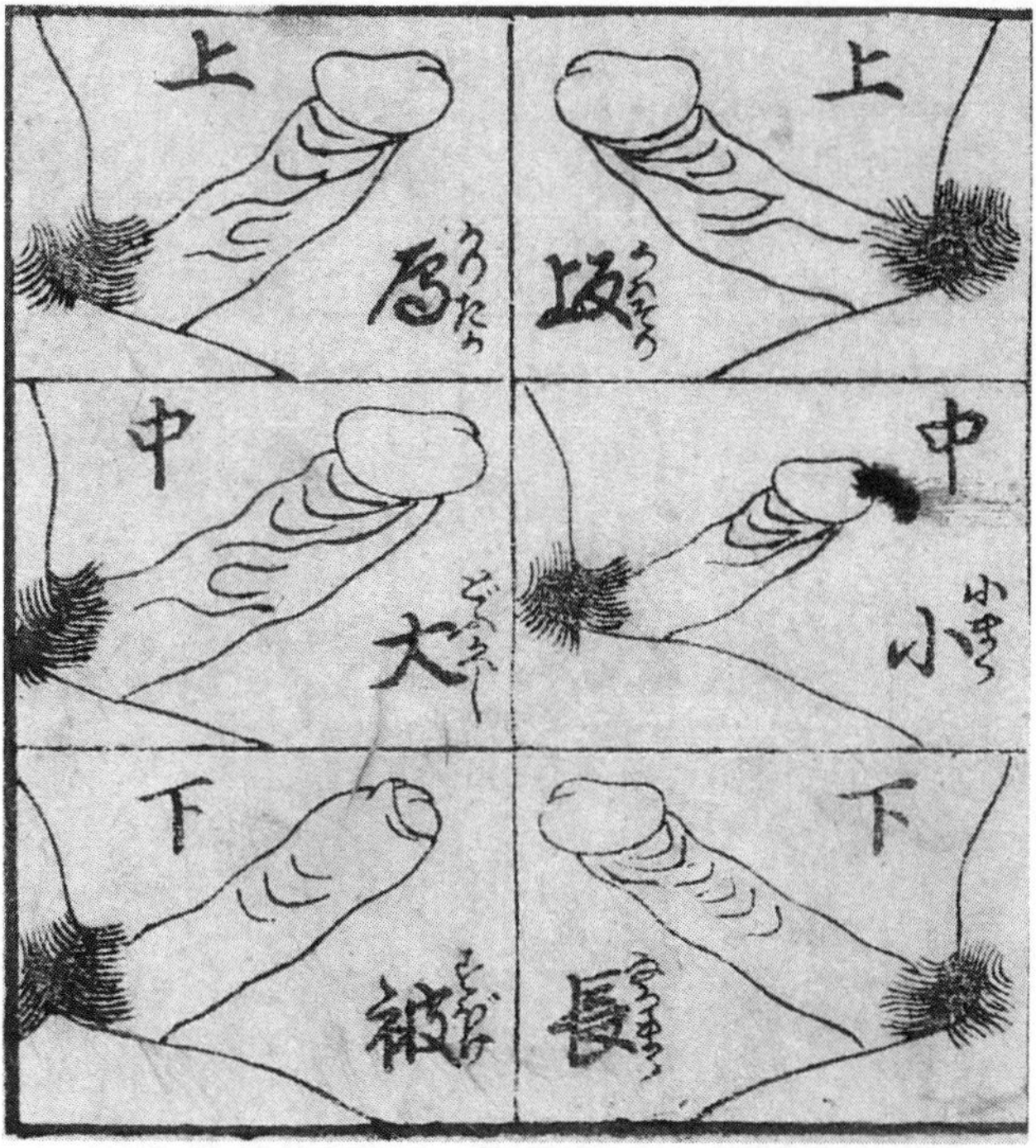

◇被（すぼけ）、左下の図
『艶道日夜女宝記』（月岡雪鼎、明和元年頃）、
国際日本文化研究センター蔵

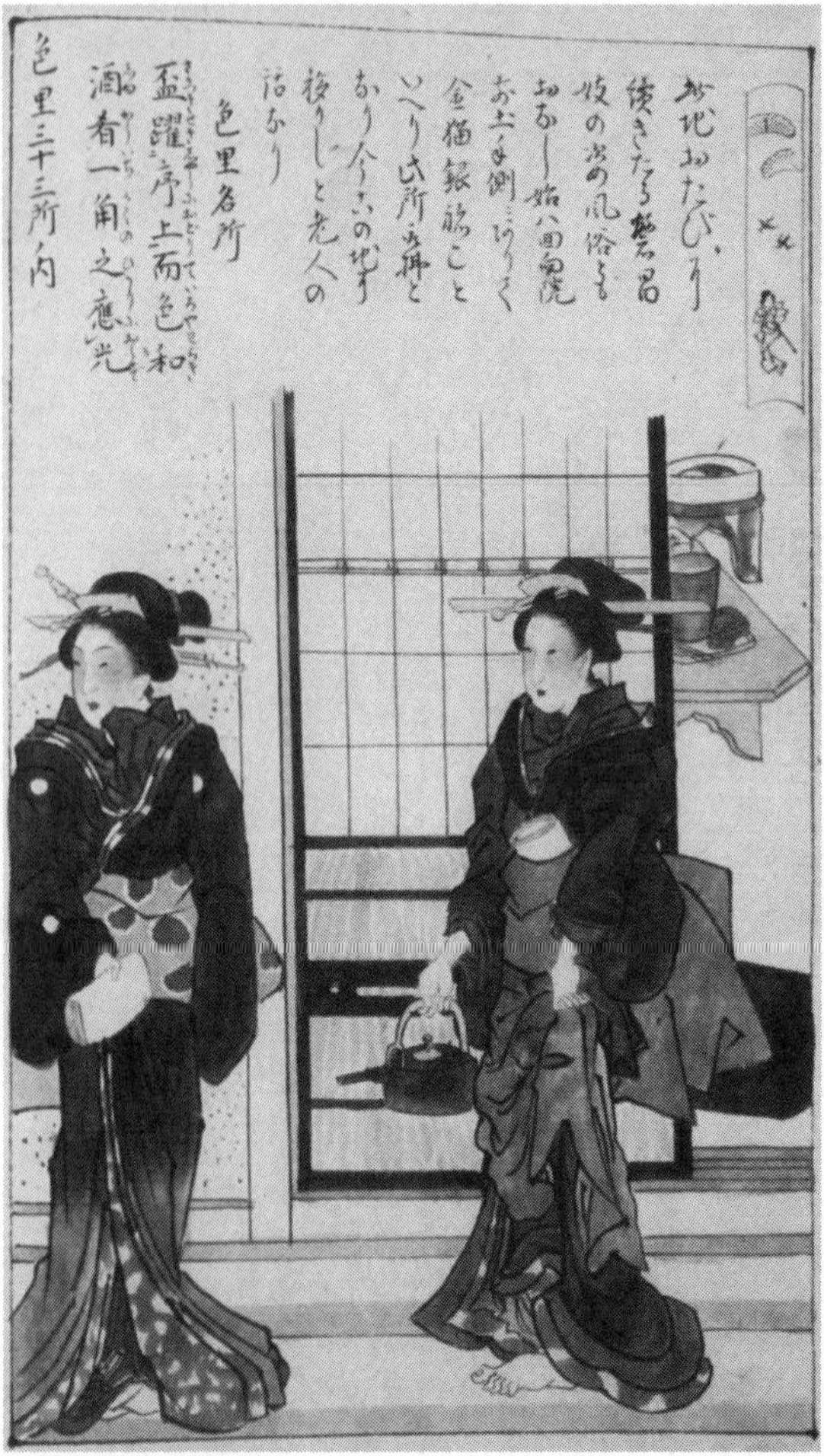

◇松井町の遊女『かくれ閭』(石塚豊芥子著)、国会図書館蔵

三十二番

本所松井寺

なまる一夜流の

弥陀如来

御詠号

まつらさまさく

松井早

地獄おとし

くらさまじく

かくり落く

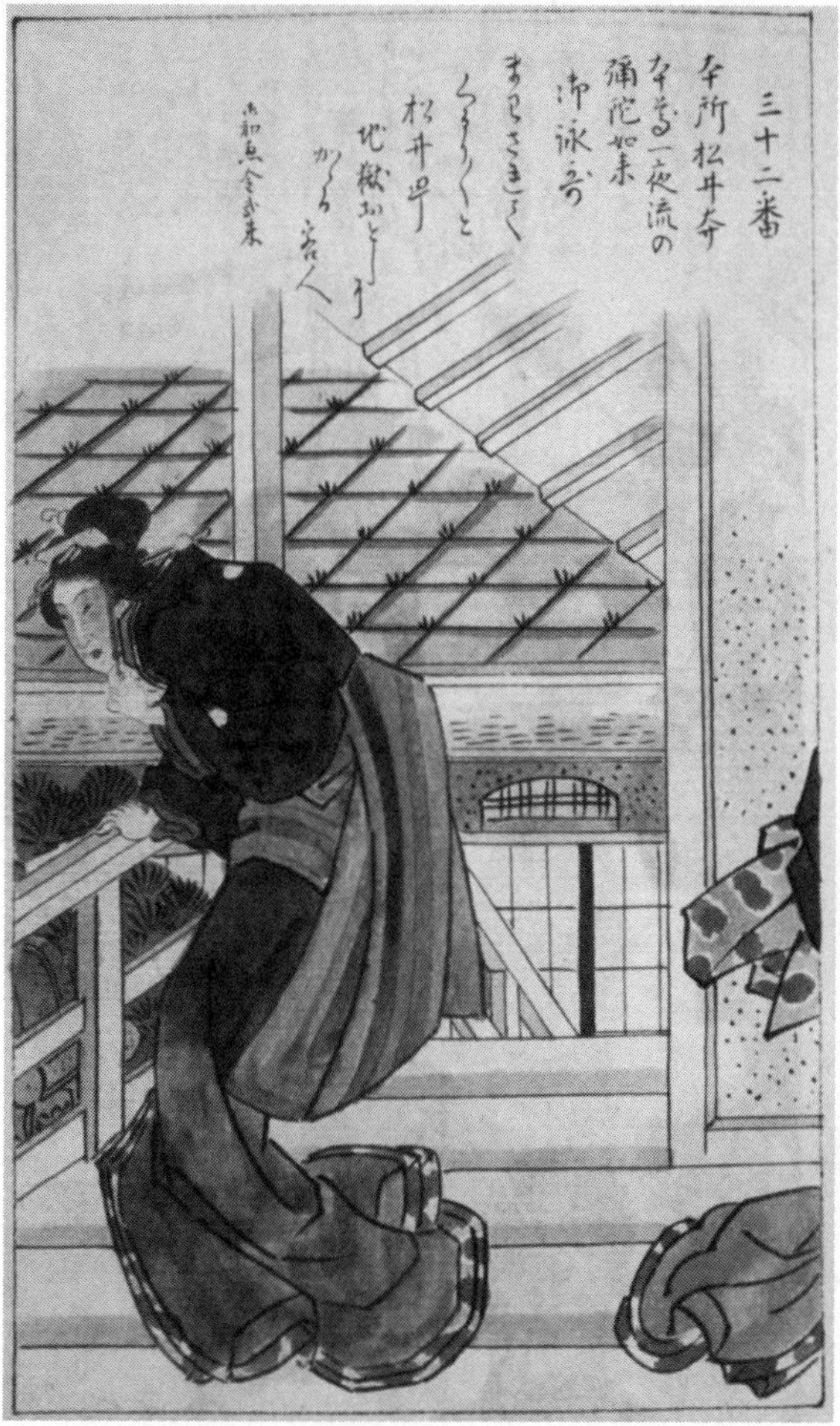

◇ 不忍池『絵本江戸土産』、国会図書館蔵

龍水鳥あそ遊ぶい
鴨稲塊のにごり水か
軟ふと濃か
杉の礼中宅中の
私家か
凧添の楊沈
なり

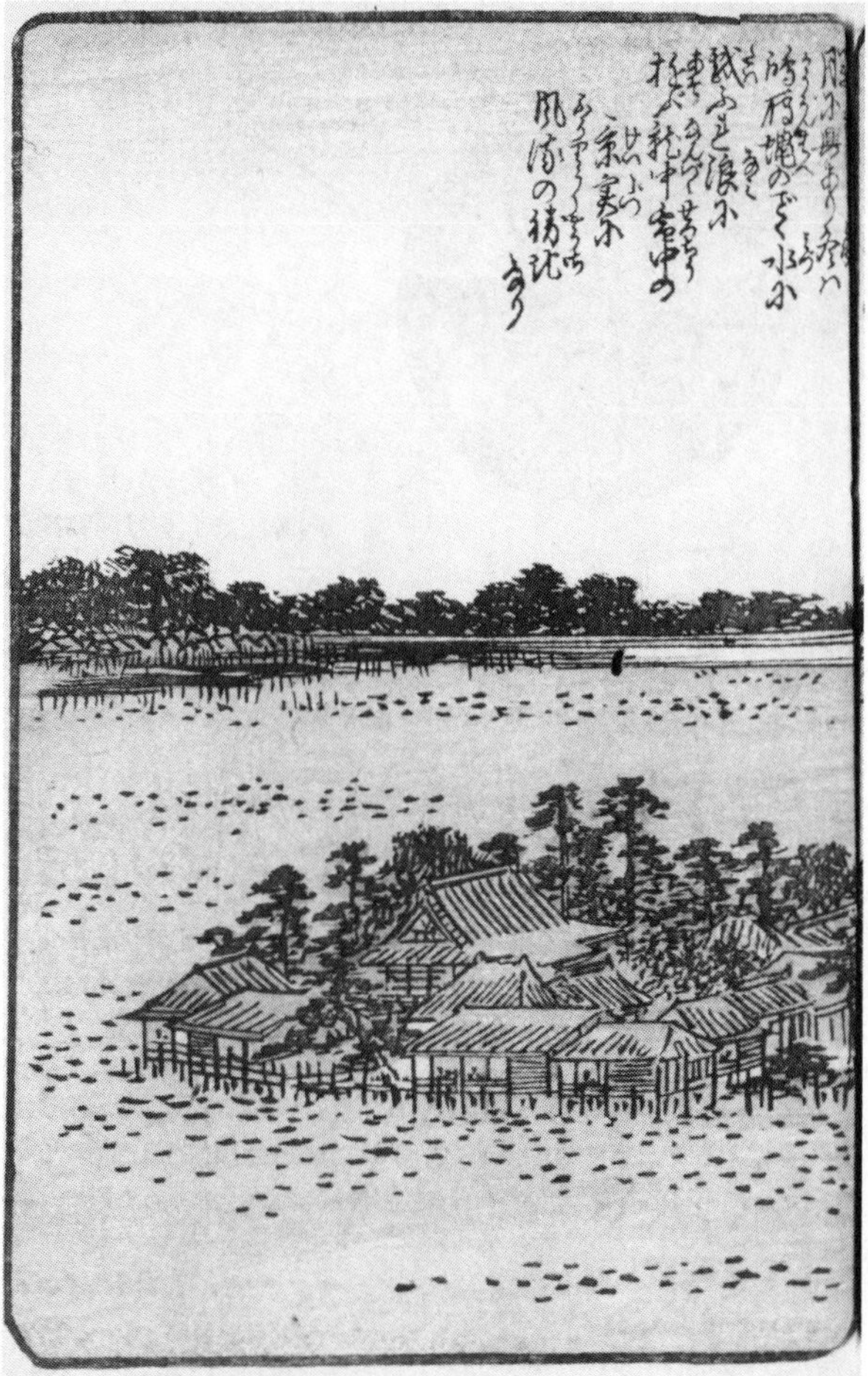

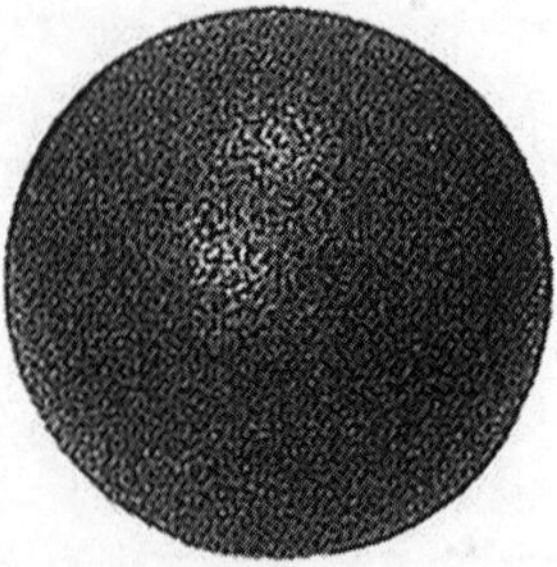

◇ ヘイサラバサラ
内藤記念くすり博物館蔵

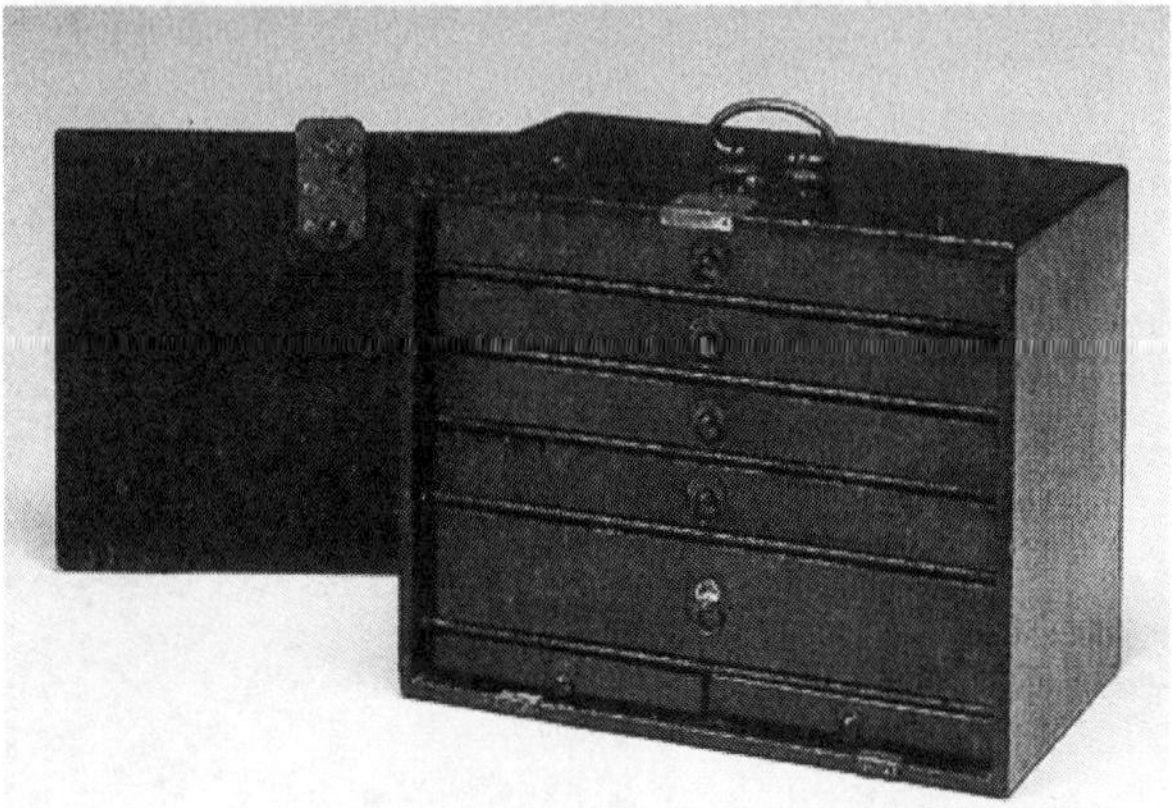

◇ 往診用薬箱
内藤記念くすり博物館蔵

目次

第一章　すぼけ魔羅

一

「ひさしぶりだな」

入口の土間に立ち、吉田《よしだ》剛三郎《ごうざぶろう》が声をかけてきた。

沢村《さわむら》伊織《いおり》はついさきほど、往診から戻ったところだった。まだ、黒羽織《くろばおり》を着たままである。

顔をほころばせ、伊織が勧めた。

「おう、ひさしぶりだ。あがってくれ」

ところが、吉田は室内にちらと目をやったあと、遠慮がちに言った。

「ちょいと、外に出られぬか」

表情に硬いものがある。

伊織と同じく黒羽織姿で、やはり頭は総髪《そうはつ》にしていた。足元は白足袋《しろたび》に草履《ぞうり》である。ひと目で医師とわかる。

伊織は内密の話と察した。

いま、家の中には下女のお末《すえ》と、お末の亭主《ていしゅ》で下男の虎吉《とらきち》がいる。とくに患者はいないが、伊織以外には聞かれたくない内容なのであろう。

「かまわんが。近所でいいのか」

「うむ、そのあたりをぶらつきながら話そう」

「よし、では出よう」

伊織は下駄《げた》をつっかけ、竹の杖《つえ》を手にした。

ふたりは長崎《ながさき》の鳴滝塾《なるたきじゆく》で、ともにシーボルトに西洋医術を学んだ仲だった。

伊織のほうがひと足先に江戸に戻ったが、やや遅れて長崎を発った吉田は妻を連れていた。

長崎の丸山遊廓《まるやまゆうかく》の遊女紅蘭《ゆうじよこうらん》を、身請《みう》けしたのだ。廓《くるわ》を出たあと、紅蘭はもとの名前である長《ちょう》に戻った。

ところが、ふたりは江戸に向かう旅の途中、護摩《ごま》の灰《はい》に金目の物をすべて盗まれてしまった。困窮《こんきゅう》している夫婦を見かね、そのころ吉原《よしわら》で開業していた伊織がしばらく家に居候《いそうろう》させていたこともある。

その後、伊織の尽力《じんりょく》もあって、吉田は横山町《よこやまちょう》で蘭方医《らんぽうい》として開業したのである。

道の両側には武家屋敷が続いていた。

そのため人通りも少なく、ときおり天秤棒《てんびんぼう》で荷をかついだ行商人が歩いているくらいである。その行商人にしても、近道をするため、武家地を抜けていくのであろう。呼び声をあげるでもなく、みな急ぎ足で歩いている。

昼間というのに、一帯は森閑《しんかん》としていた。

「その後、どうだ」

歩きながら伊織が尋ねた。

「うむ、さいわい繁盛《はんじょう》しているが、不佞《ふねい》の評判がよいからではない。ひとえに、お長のおかげだな」

「うむ、足下《そっか》の評判が理由でないのは理解できるが、お長どののおかげとは、どういうことか」

「おいおい、言ってくれるなぁ」

吉田が愉快そうに笑った。

ふたりきりになると、伊織は鳴滝塾のころの気分がよみがえってくる。吉田も同様であろう。

ふたりは、もっぱら学者文人《ぶんじん》が用《もち》いる不佞・足下でしゃべる。身分や長幼《ちょうよう》の序《じょ》を顧慮《こりょ》せずに済む、便利な一人称と二人称だった。

「お長がまったく家事ができないのには、不佞もあきれたし、ほとほと困った。そこで、下女と下男を雇って家事はすべて任せた。そして、お長には診察や治療の助手をさせることにした。これがうまくいってな。

いわばお長に会いに、患者が詰めかけているような具合だ。

不佞も驚いたのだが、お長はなかなか呑《の》みこみが早くて、ちょっとした手術の助手を立派に務めている」

「ほう、助手がいるとは、それは羨《うらや》ましい」

伊織は笑って言った。

お長の人気は、ほぼ想像がついた――。

江戸の町では、

「〇〇の女房は、もとは吉原の花魁《おいらん》だったんだとよ」

などという噂《うわさ》が広がるや、さっそく顔を見にいくような、物見高い連中が多い。

そして、見物してくるや、

「さすが色っぽいものだぜ、いい女だな」

と得意げに吹聴《ふいちょう》し、ますます噂が広がる。

まして、お長は丸山の遊女だった。

江戸の大多数の人間にとって、長崎はとうてい行くことのできない、異国とも言うべき神秘の町だった。その長崎の遊廓で遊女だった女が、町医者の女房になっているというではないか。

「おい、聞いたか。横山町の吉田という医者の女房は、長崎の丸山にいたんだとよ。手に手を取って、長崎から江戸に出てきたというぜ」

小耳にはさんだ男たちはさっそく、病気や怪我の診察にかこつけて、お長を見にいく。

すると、顔を見るだけでは終わらない。

お長がいわば看護師役をしていて、患者の傷口を洗ったり、包帯《ほうたい》を巻いたりしてくれるではないか。

男たちはすっかり感激してしまい、その後は、なかばお長に会うのが目的で診察を受けにいくというわけであろう。

＊

いつしか、ふたりは三味線堀《しゃみせんぼり》に来ていた。

形が三味線に似ているのでついた名称というが、細長い池である。池の周囲はすべて武家屋敷だった。

とくに、三味線堀と道一本をへだて、秋田《あきた》藩佐竹《はんさたけ》家の広大な上屋敷《かみやしき》がある。海鼠塀《なまこべい》は延々と続き、三味線堀の全長よりもはるかに長く延びていた。

「この辺で、どうだ」

岸辺に立ち止まり、伊織が言った。

吉田もうなずきながら、濁《にご》った水面を見わたす。

あちこちに、木片や竹屑《たけくず》らしきものが浮いていた。ときどき、水面が揺れるのは、魚であろう。

「うむ、ここだと、落ち着いて話せる。

それにしても、舟がずいぶん停泊《ていはく》しているな」

「あれは葛西舟《かさいぶね》だ。口の悪い人間は、糞舟《くそぶね》と呼んでいる。要するに、糞尿《ふんにょう》を運ぶ舟だ。汚穢舟《おわいぶね》とも言う。

三味線堀は隅田川《すみだがわ》に通じている。そのため、葛西（現在の葛飾《かつしか》・江戸川《えどがわ》・墨田《すみだ》・江東区《こうとうく》一帯）の百姓が舟で隅田川からさかのぼってきて、ここ三味線堀に停泊する。

連中は天秤棒で肥桶《こえおけ》をかついで下谷《したや》一帯をまわり、武家屋敷や町屋の便所の汲《く》み取りをするわけだ。肥桶をかついで戻ると、あの舟に注《そそ》ぎこむ。舟がいっぱいになると、葛西に戻っていく。

まあ、不佞も最近、知ったことだがな」

「ほう、そうだったのか。すると、不佞の実家の便所で汲み取った糞尿も、あの舟で運ばれるわけか」

感慨深《かんがいぶか》そうに、吉田が言った。

吉田は旗本《はたもと》の三男坊だった。家督は継げないため、医者をこころざしたのである。吉田家の屋敷は、下谷の一枚橋《いちまいばし》の近くだった。

「それはそうと、話とはなんだ」

「うむ、では、単刀直入に言おう。

足下は、包茎《ほうけい》の手術をしたことはあるか」

「包茎……すぼけ魔羅《まら》のことか」

「うむ。すぼけ魔羅の、包茎だ」

「手術の経験はない。そもそも包茎の手術とは、どんな手術なのかも知らぬ。なぜ、そんなことを聞くのか」

「では、ちょいと長くなるが、最初から話そう。

半月ほど前のことだ。大名家の家臣らしき武士が訪ねてきて、まず、こう言った。

『拙者《せっしゃ》は内藤安十郎《ないとうやすじゅうろう》と申す。家名は申しあげられないのですが、ご了解いただけますか』

もちろん、内藤安十郎が本名なのか偽名《ぎめい》なのかはわからぬ。

身元を隠したいという患者は珍しくないからな。悪事に加担《かたん》する疑いがないかぎり、不佞は身元不詳の患者も引き受けている。

足下も覚えているだろうが、鳴滝塾でシーボルト先生から、医者は患者の秘密を守らねばならないと教えられた。

そこで不佞が、たとえ家名が不明でも診察や治療は引き受けると告げると、内

藤どのは続いて、

『内密にご相談したい儀があるのですが、ご都合はいかがか』

と尋ねてきた。

要するに、ほかの患者がいない時間帯という意味だ。

『診察や治療は昼四ツ（午後二時頃）で終わりにしております』

『そうですか。では、明日四ツ過ぎにうかがいます』

そう言い残して、翌日、内藤どのが三十前くらいの女とともに現れた。

女は髪を椎茸髱《しいたけたぼ》に結い、綿帽子《わたぼうし》をかぶっていた。矢絣《やがすり》模様の着物に、丸帯を胸高に締めていて、ひと目で奥女中とわかる。

『この者が、くわしいことを申し述べます。

近くに、えびす屋という蕎麦屋《そばや》がありますな。拙者はそこで待っています。話が終われば、誰か使いを寄こしてくだされ』

そう言い置いて、内藤どのは去った。

奥女中は八木田《やぎた》と名乗った。色白で鼻梁《びりょう》が高く、いわゆる鼻筋の通った美人なのだが、目に険《けん》があり、どことなく癇《かん》が強そうだった。

八木田は不佞に向かって話しはじめたのだが、なんとも要領を得ない説明でな。

不佞は苛立《いらだ》ちをおさえるのに苦労した。

こちらから何度も聞き返し、ようやく、十六歳になる若君——鶴丸《つるまる》どのの筆《ふで》おろしに関することだとわかった。また、八木田の口ぶりが曖昧《あいまい》になる理由もわかった。

要するに、こういうことだ。

千代田《ちよだ》のお城では大奥《おおおく》と言うが、大名屋敷では奥と言う。

奥の重役《おもやく》が、鶴丸どのに筆おろしをさせようとした。そろそろ年ごろなので、体験させようということだろうな。

そこで、相手として八木田が指名された。

八木田は一度嫁入りしたが離縁されて実家に戻り、その後、大名屋敷の奥で奉公をはじめたようだ。生涯《しょうがい》未婚の者が多い奥女中のなかにあって、八木田は男を知っている。

それだけに、鶴丸どのの筆おろしの相手には最適というわけだろうな。

ところが、筆おろしはあえなく失敗した。そこで、うまくいくようにしてほしい——というのが相談なのだ」

吉田の話が一段落した。

天秤棒で前後に肥桶をかついだ男が、舟から岸辺に渡した板に足をかけるのが見えた。糞尿を汲み取り、戻ったところであろう。

重い肥桶をかつぎながら、たわむ渡し板をあざやかな身のこなしで渡り、舟にあがっていく。

「ふうむ。しかし医者にもできることと、できないことがあるぞ。筆おろしの失敗の原因はなんなのだ」

伊織が眉《まゆ》をひそめる。

吉田は大きくうなずいた。

「まさに、そこだよ。

不佞はそのあたりを聞きだそうとしたが、八木田の答えはなんとも焦《じ》れったいというか、奥歯に物が挟《はさ》まったようというか。とにかく判然としないのだ。不佞もほとほと困った。

もちろん、わからんでもない。

八木田にしてみれば、若君と自分の房事《ぼうじ》のありさまを物語らねばならないわけだからな。しかも、相手は医者とはいえ、男だ。あからさまに口にできないのも無理はない。

そのとき、お長が乗りだしてきた。

『もしえ、男には話しにくいのであれば、あたしがうかがいましょうか』

そばで聞いていて、お長もいいかげん業《ごう》を煮やしていたようだな。

さらに、黙っている八木田にずばり、こう指摘した。

『これまでうかがったところ、鶴丸さまの一物《いちもつ》、陰茎、男根、魔羅――江戸ではへのこと呼ぶことが多いようですが――に原因があるのではございませんか』

そのとき、それまで重苦しかった八木田の顔に、一条の光が射したかのようだった。

お長の指摘は、まさに正鵠《せいこく》を得《え》ていたことになろう。

八木田がほっとしたように言った。

『はい、さようでございます。あたくしとしては、なんと申しあげてよいのやら、なんと表現すればよいのやら、わからなかったものですから』

そのとき、不佞は心を決めた。聞きだし役は、お長に任すことにしたのだ。

不佞はお長にうなずくと、やや身を退《しりぞ》いた。八木田には、お長が対面するかたちにしたのだ。

すると、お長は紙と筆を取りだしてくるや、そこにさらさらと陰茎を描いた。

そして、お長のほうから質問をはじめた。

不佞は内心、お長の機転に驚いた。お長のほうから質問すれば、八木田は『はい』、『いいえ』と答えるだけで済むからな。そうやって、必要なことを聞きだしていくわけだ。

また、お長が陰茎にくわしいのにも驚いたがな。男で医者の不佞より、くわしいかもしれぬ」

吉田が苦笑した。

伊織は吉田の言わんとすることは理解したが、曖昧な相槌《あいづち》を打つにとどめておいた。

お長は丸山遊廓の遊女だっただけに、多くの男と性交渉を経験していた。つまり、多くの陰茎を経験していたのだ。

しかし、さすがにその点を話題にするのは遠慮する。

「ふうむ、それで、鶴丸どのがうまく交接できない原因はわかったのか」

「うむ、わかった。

原因は皮《かわ》かむりだ。すぼけともいうがな。つまり、包茎だ」

「おいおい、皮かむりの魔羅は、湯屋でしばしば見かけるぞ。また、皮かむりの魔羅の持ちぬしにも、ごくあたりまえに子どもがいるではないか。皮かむりだからといって、房事ができないことはあるまい」

「うむ、不佞も最初はそう思った。だが、そのあたりの疑問も、お長が絵を描きながら八木田から聞きだしてくれたことで、ようやく判明した。

皮かむりにも二種ある。

ひとつは、普段は亀頭は皮でおおわれているが、勃起すると、あるいは指で押しさげると、皮が剥《む》けて亀頭が露出するもの。湯屋などで目にする皮かむりは、ほとんどがこのたぐいだ。このような皮かむりは、普通に房事ができる。

もうひとつは、ごく稀《まれ》だが、亀頭が完全に皮でおおわれているものだ。指で皮を押しさげて剥こうとしても、亀頭が露出しない。鶴丸どのの陰茎は、この種類なのだ」

吉田が説明を続ける。

要するに、包茎には仮性《かせい》包茎と真性《しんせい》包茎があり、鶴丸は後者だったのだ。重度の真性包茎だと、性行為は難しい。

「鶴丸どのの亀頭は皮で完全におおわれ、先端《せんたん》に小さな穴があるのみ。そこから、かろうじて小便だけは排出できるわけだな。

それまで、湯殿《ゆどの》で鶴丸どのの世話をする女中などは、皮かむりには気づいていたろう。しかし、世によくある軽度の皮かむりと思い、重度の皮かむりとは考えなかったのであろう。

まさか、陰茎を指で触ってみることまではしないだろうからな」

「ふうむ、では勃起すると、どうなるのか」

「勃起は苦痛でしかなかろう。もし勃起して陰茎が大きくなると、亀頭をおおっている皮が締めつけるので、疼痛《とうつう》を覚えるだろうな。そのため、勃起そのものができない」

「なるほど。それでは女と交わるのは無理だな」

「しかしなぁ、不佞としては、

『女と交わるのは無理です。あきらめてくだされ』

とは言えぬではないか。

医者としては最善を尽くしたい。鳴滝塾で、シーボルト先生にもそう教えられたではないか。

そこで、下男に蕎麦屋に呼びにいかせ、やってきた内藤どのに、

『とりあえず、五日間の猶予《ゆうよ》をくだされ。そのあいだに、どういう処置をすればよいかを考えます』

と、告げた。

不佞の回答を聞き、内藤どのと八木田は帰っていった。

それから、不佞は本屋をめぐって、すぼけ魔羅の治療法を探した。そして、ついに大坂《おおさか》の蘭方医が書いた『袖珍外科医典《しゆうちんげかいてん》』という本のなかに、包茎の手術法が載っているのを見つけた。

もちろん、その場で買い求めた。あとで、足下にもその部分を書き写したものを渡すがな。

五日後、内藤どのがやってきたので、不佞は手術をして包皮《ほうひ》を切開すれば、房事も可能になるであろうと説明した。

内藤どのは自分の独断では決められないので、屋敷に戻って相談し、最終的に決断すると述べたあと、

『おそらく、手術をお願いすることになりましょう。近日中に、日時と場所をお知らせします』

と言った。

というわけで、近いうちに包茎の手術をしなければならぬのだが、『袖珍外科医典』によると助手が必要だ。ところが、ほかの場合とは違い、今回はお長を助手にするわけにはいかぬ」

「たしかに、大名家の若君の陰茎を手術する場に、女を立ち会わせるわけにはいかぬであろうな。そこで、不佞に白羽《しらは》の矢《や》が立ったわけか」

伊織は自分が必要とされている理由がわかり、思わず笑った。

吉田も笑いながら、しかし、口調は真剣である。

「そういうことだ。足下に手伝ってもらえると心強い。頼まれてくれぬか」

「うむ、よかろう。不佞も包茎手術に興味があるからな。これを機会に習得したい」

「よし、内藤どのから知らせが届いたら、すぐに足下に連絡する。おそらく、下男に手紙を届けさせると思うが。

ところで、内藤どのは辞去するに際し、支度金《したくきん》と称して一両を置いていった」

黒羽織の袖《そで》から懐紙《かいし》の包みを取りだす。

懐紙を広げると、二分金《にぶきん》がふたつあった。

吉田は二分金のひとつをつまみ、

「折半《せっぱん》としよう。受け取ってくれ」

と、伊織に渡す。

「そんなわけにはいかぬ。もらいすぎだ」

「いや、吉原で居候していたころ、足下には夫婦ともども、さんざん世話になった。そのあと、なんの恩返しもできていないのが気がかりだった。

今回、ちょいと不佞もいい顔ができる。そんなわけだ。じつは、お長にも言い含められているのだ。

受け取ってくれ、頼む」

吉田が頭をさげた。

そこまで言われると、伊織も強情は張れず、

「わかった。ありがたくいただこう」

と言いながら、二分金を袖の中におさめる。

続いて、吉田はふところから数枚の紙の束を取りだした。

「読んでおいてくれ。『袖珍外科医典』から、関連する箇所を書き写した。

また、手術が済んだあと、先方はそれなりの謝礼を出すはずだ。そのときも、足下と折半しよう」

言い終えたあと、吉田が眉をひそめた。

急に、糞尿の臭《にお》いが漂ってきたのだ。

「風向きが変わったようだな。まともにこちらに押し寄せてきた。そろそろ潮時《しおどき》ということであろう」

伊織が紙の束を受け取りながら言う。

吉田があらためて周囲を見わたした。

「それにしても、一帯の屋敷に住む者は、たまったものではないな」

「生まれたときからだから、きっと慣れているであろうよ」

「それもそうだな。さほど気にならないのかもしれぬ。

では、ここで別れよう」

ふたりは、三味線堀で別れた。

二

三味線堀で沢村伊織と別れた吉田剛三郎は、新《あたら》し橋《ばし》を渡って神田川《かんだがわ》を越えた。

神田川の南岸の土手は柳原堤《やなぎわらつつみ》と呼ばれ、およそ十町《ちょう》（約一キロ）にわたって柳が植えられている。

柳原堤には古着屋や道具屋が軒《のき》を連ねているが、すべて簡易な床店《とこみせ》だった。床店が営業するのは、明るいあいだだけである。日が暮れる前に、商人は店を閉め、商品を持って帰ってしまう。

そのため、昼間は多くの人でにぎわう柳原堤も、日が沈むとにわかに寂しくなり、もっぱら街娼《がいしょう》の夜鷹《よたか》が出没《しゅつぼつ》する場所となった。閉店した床店の陰《かげ》などで、夜鷹は地面に莫蓙《ござ》を敷いて商売をする。

吉田が柳原堤に着いたとき、日が西に傾きかけたころだった。

多数の床店のなかには、ぼちぼち閉店の準備をはじめたところもあるが、まだ人通りは多い。

柳原堤を下流方向にしばらく歩き、浅草橋《あさくさばし》の付近で右手に曲がれば、横山町はすぐそこだった。

吉田は、一軒の古着屋の前で足を止めた。

板屋根のせまい小屋である。中は畳ではなく、莫蓙だった。小屋の中に横にわたした竹に、多数の古着が吊《つ》るされている。

莫蓙に座った店主が、すかさず声をかけてきた。

「へい、いらっしゃりませ。どうぞ、手に取ってご覧ください」

「うむ、そうだな」

曖昧な返事をし、吊りさげられた着物を検分しているようによそおいながら、吉田は横目でうかがう。

（やはり、つけられているな）

相手は三十代の武士だった。菅笠《すげがさ》を目深《まぶか》にかぶっているので、顔はよくわからない。

吉田はかつて心形刀流《しんぎょうとうりゅう》の道場に通い、目録も得ている。しかし、いま身には寸鉄《すんてつ》も帯びていない。

素手で刀に立ち向かうのは、とうてい無理だった。剣術の稽古《けいこ》をしているだけに、刀の怖さはわかる。

（すばやく着物を尻《しり》っ端折《ぱしょ》りし、走って逃げるか。まだ、けっこう人通りがあるので、人ごみのなかにまぎれこむことができよう。だが、あまりにみっともない図だな）

吉田は迷う。

いっぽうの武士は、尾行《びこう》を悟《さと》られたのに気づいたようだった。

そして、吉田が対応を逡巡《しゅんじゅん》しているうちに、先手を打つと決めたらしい。ツツと近づいてくるや、すらりと腰の大刀を抜いた。そして、逃げるのを牽制《けんせい》するように、刀を振りおろした。

刃《やいば》を避けて後退しながら、吉田は胃の腑《ふ》をわしづかみにされるような恐怖を覚えた。自分が素手であることの無力感を味わう。

同時に、かすかな違和感があった。

（なぜ、斬《き》りこんでこないのか。こちらが素手なのだから、ずばり斬りこめるはず）

武士はじりじりと間合いを詰めながら、何度か刀を振るったが、なんとも中途半端《はんぱ》な太刀筋だった。まるで、吉田の身体を直撃するのを慎重に避けているかのようである。

（そうか、致命傷をあたえないようにしているな。というより、致命傷をあたえるのを恐れているのかもしれない）

とはいえ、真剣である。ちょっとしたはずみで、致命傷になりかねなかった。

吉田の背中が、床店の柱にぶつかった。

簡易な床店が大きく揺れ、主人が、

「うわっ、気をつけてくださいな」

と叫《さけ》ぶ。

背中がぶつかった拍子《ひょうし》に、左手の指先が細長い棒に触れた。床店で古着を吊るすときに用いる道具かもしれない。

とっさに、吉田は棒をつかんだ。

相手が斬りこんでくる。

吉田は棒を構えようとしたが間に合わなかった。

右腕に鋭い痛みが走る。目の端が、飛び散る鮮血をとらえた。

腕の痛みにやや力を削《そ》がれたが、吉田は果敢《かかん》に棒を振るった。

バリンと音を立て、菅笠が割れた。吉田は手に、たしかな衝撃を感じる。

割れた菅笠のあいだから、右頬《ほお》が赤黒く染まっているのが見えた。

吉田がとっさに振るった棒は、菅笠を叩《たた》き割って、さらに男の顔面を撃っていたのだ。

「うわっ」

武士が叫んだ。

顔面の衝撃と同時に、菅笠が裂けて、人相がわかってしまうことへの狼狽《ろうばい》であろう。

あわてて菅笠の裂け目を左手で押さえながら、武士はすばやく吉田の右腕の流血を一瞥《いちべつ》した。

そのあと、武士は右手に白刃《はくじん》をさげたまま、その場で踵《きびす》を返す。そして、足早に立ち去る。吉田の負傷を確認し、すでに目的は達したかのようだった。

吉田は武士の背中を見送りながら、右手の傷を点検した。

まず、左手で右腕の傷の上部をきつく押さえつけ、出血をおさえる。見たところ、動脈は切れていないようだった。

（さほど重傷ではないな）

内心、安堵《あんど》のため息をついた。

「迷惑をかけたな、すまぬ。

ところで、ご亭主、この棒は売ってくれぬか」

吉田に声をかけられた古着屋の主人は、真っ青になっている。

震え声で言った。

「売るなど、とんでもない。それは差しあげますので、どうぞ、早くお帰りください」

とにかく、早く厄介払いしたいようだった。

吉田は羽織の袖から紙包みを取りだし、主人に渡した。

「二分ある。それで、売ってくれ」

主人は紙包みを開きながら、

「え、二分金でいただいても、お釣りがございませんよ」

と、喜ぶどころか、当惑している。

「釣りなどいらぬ。その代わり、この棒のほかに手ぬぐいを売ってほしい。新しい手ぬぐいはあるか」

「新品ではありませんが、きれいに洗った手ぬぐいならございます」

「よし、それでよい。出してくれ」

主人が、洗い晒《ざら》しの手ぬぐいを出してきた。

吉田は主人に指示して、傷口に手ぬぐいを巻きつけさせる。

「もっと、きつく縛ってくれ」

「へ、へい。これで、ようございますか」

「うむ。助かったぞ。これで、当面の血止めはできよう」

「お医者さまでございますか」

「さよう。これは、医者の不養生のようなものだな。いや、医者の不用心と言ったほうがよいかな」

「あのぉ、さきほどのお武家さまは、あたくしどもに……」

主人は言葉を濁したが、いかにも不安そうだった。

今後、なんらかの言いがかりをつけられはしまいかと、心配しているようだ。

「わしには覚えがないが、わしに恨みを持つ者であろう。人はどこで逆恨《さかうら》みを受けるか、わからぬからな。

そんなわけだから、そなたは無関係だ。心配することはない」

「さようですか」

主人はほっとしたようである。

吉田は巻いた手ぬぐいを袖で隠し、左手に棒を持つ。

「世話になったな」

「いえ、とんでもございません。過分に頂戴《ちょうだい》いたしまして」

主人が深々と頭をさげた。

いまになって、木の棒と古手ぬぐいで二分金を得た喜びが、こみあげてきたようだ。

吉田が立ち去るのを待っていたかのように、たちまち数人が寄ってきた。古着屋仲間であろう。しばらくは、話で盛りあがるに違いない。

いっぽう、吉田は歩きながら、傷がずきずきと疼《うず》くのを覚えた。

痛みに耐えながら、考え続ける――。

あの武士は何者なのか。なぜ、襲ってきたのか。

武士の狙《ねら》いは俺の命を奪うことでなく、右手に怪我をさせることだったようだ。

とすると、その狙いはあきらかであろう。

俺の利《き》き手を使えなくして、鶴丸の包茎手術を断念させること。あるいは、手術に失敗させること。

となると、背景が見えてくる。

件《くだん》の大名家では、このままでいけば、いずれ家中に鶴丸が情交不能と知れわたろう。そうなると、鶴丸に家督を継承させることを断念し、別な若君が家督継承の候補として急浮上する。

大名家のなかには、鶴丸の家督継承を望まない勢力があるに違いない。

あるいは、別な若君をかつぐことで、自分たちの権勢拡大を意図する勢力があるのであろう。

鶴丸の情交不能は、その勢力にとって思う壺《つぼ》だった。

ところが、鶴丸は世継ぎには不適格という烙印《らくいん》を押す寸前になって、吉田剛三郎という蘭方医が登場してきた。

吉田の述べるところでは、手術によって包茎を治《なお》し、普通に情交できるようになるという。つまり、子どもを作れるようになる。

そうなっては、鶴丸が順当に家督を継承してしまう。

手術を阻止《そし》しなければならない。

鶴丸の家督継承に反対している勢力の頭目《とうもく》は、剣術の腕が立つという評判の藩士を呼び、こう命じたのだろう。

『吉田剛三郎という蘭方医を斬れ。これは、お家のためじゃ。

ただし、殺すなよ。吉田に死なれると、わしらは痛くもない腹を探られる結果になる。事件にしたくないということじゃ。わかるな。

怪我をさせろ。

右手を斬れ。どこでもよいが、要するに、利き腕を使えなくすればよいのじゃ。

どこを斬るかは、その場で、そのほうが判断しろ。

よいな、くれぐれも殺すなよ』

吉田はそこまで考えてきて、襲撃者にやや同情を覚えた。致命傷をあたえずに、右手に怪我をさせろとは、難しい注文だった。斬り捨てろという命令より、かえって難しいであろう。

命令した者は、剣術の稽古をしたことがないに違いない。

武士のなかには、竹刀《しない》や木刀を握ったこともない、まして刀を抜いたことは一度もない、という者は少なくなかった。腰の両刀は、いわば身分の象徴《しょうちょう》として差しているだけである。

剣術を知らないだけに、無理な注文をしたのであろう。包茎手術を阻止するために……。

（待てよ、すると、沢村伊織も巻きこまれる恐れがあるな）

用心するよう、知らせておくべきだ。

吉田はすぐに手紙を書き、下男に届《と》けさせることにした。

（右手を負傷しているので、俺が筆を執るのが困難なら、お長に代筆させればよ

い）

お長は寺子屋《てらこや》で数年、学んだくらいの読み書きはできた。平仮名《ひらがな》が主体だが、手紙を書くこともできる。

そのとき、ぽつりと水滴《すいてき》が頭に落ちてきた。

（いかん、雨だな）

吉田は空を見あげ、つぶやいた。

本降りになる前に家にたどり着きたい。

右腕の痛みをこらえ、吉田は横山町に向けて足を急がせた。

三

沢村伊織が帰宅し、さっそく吉田剛三郎から渡された包茎手術に関する記述に目を通そうとしていると、助太郎《すけたろう》がやってきた。

「先生、お父っさんが、ちょいとご足労《そくろう》願えないかと言っていますが」

助太郎の父親は越後屋《えちごや》の主人で、太郎右衛門《たろうえもん》という。越後屋は本屋だが、出版や印刷・製本も兼ねていた。

伊織もかねてより、太郎右衛門という人物には一目置いていた。その太郎右衛門が会いたがっていることになろう。

太郎右衛門の長男である助太郎は、伊織のもとで手習いをしているが、学問は好きではないようだ。自分ではまわりに蘭方医の弟子《でし》と自慢し、師匠の往診の供をするのが楽しいらしい。元服《げんぷく》前なので、まだ前髪がある。

「ほう、なんだろうな。出先から戻ってきたばかりだが……では、落ち着く前に行こうか」

伊織はすぐに立ちあがり、下駄をつっかけて外に出る。

空を見あげると、いまにも降ってきそうだった。傘《かさ》を持参すべきかどうか、ちょっと迷う。

（もし降りだせば、帰りは越後屋で傘を借りればよいな）

そう考え、伊織は助太郎とともに歩きだした。

越後屋は浅草阿部川町《あべかわちょう》の表通りに面していた。

店頭には各種の本のほか、浮世絵《うきよえ》や錦絵《にしきえ》が積まれている。いつもなら、美人画や役者絵を手に取り、ながめる男女が店頭に群れているのだが、いまはまばらだった。

空模様を見て、早めに帰宅した人が多いのであろう。

越後屋のほうでも、奉公人が店頭の品々を早々と、奥まった場所に移し替えている。雨に濡《ぬ》れると、台無しになってしまうからだ。

「おや、先生、いらっしゃりませ。今日は、そろそろ店じまいです」

顔見知りの番頭《ばんとう》が、伊織を見て挨拶《あいさつ》した。

助太郎と伊織はいったん店にあがり、奥に進む。

店舗部分の奥は、いわば出版・印刷・製本をおこなう部屋になっていた。
五、六名の奉公人がいて、黙々《もくもく》と木版《もくはん》印刷や、製本をおこなっている。
この、店舗部分と作業場部分の二階が、奉公人が寝起きする部屋になっていた。

廊下伝いにさらに進むと、台所や便所、それに物置などがあった。開放された板戸から、庭に井戸と蔵があるのが見えた。

さらにその奥が、主人一家の区画である。

「ここです」

助太郎に案内されたのは、床《とこ》の間《ま》のある六畳ほどの座敷だった。

太郎右衛門は伊織を待つあいだも、原稿や絵の点検をしていたようだ。

そばに置かれた木枠《きわく》の中に、紙の束が積まれている。また、膝元《ひざもと》には数冊の本があった。

「うむ、ご苦労。おめえは、もういいぞ。茶と、なにか茶請《ちやう》けを持ってくるよう、頼んでくれ」

太郎右衛門が助太郎に用事を命じ、あっさり追い払う。

内心は不満があっても、父親には逆らえない。助太郎も黙って引きさがる。

伊織が向かいあって座ると、太郎右衛門が言った。

「本来であれば、あたくしのほうから、うかがわねばならないのですが、失礼をかえりみずお呼び立てをしたのは、先生にお見せしたいものがありましてね。じつは、あまりほかでは広げることができない代物《しろもの》ですので」

ああ、そうそう、まず、お礼を申しあげねばなりません。

倅《せがれ》が、お世話になっております。あいつも、おかげでだいぶまともになってきたようです。見ていると、ときどきは本を読んでいるようでしてね。また、助太郎が丁稚《でっち》に、漢字の読み方を教えていることもありましたな。

おかしいと言いましょうか、嬉《うれ》しいと言いましょうか」

「ほう、そうでしたか。私としては、まだ力が及ばないと感じておりましたが」

伊織も、助太郎の家での様子を聞き、嬉しかった。

じつは、助太郎は剣術に夢中になっていて、手習いはなまけていた。太郎右衛門はあるとき、息子がろくに読み書きができないことを知って愕然《がくぜん》とした。そして、伊織に手習いを依頼してきたのである。

そのとき、女中が茶と高坏《たかつき》を持参した。高坏には、白雪羹《はくせつこう》などの高級な干菓子《ひがし》が盛られている。


女中が去ったあと、太郎右衛門が話を再開した。

「岩井町《いわいちょう》に、会津屋《あいづや》という蠟燭《ろうそく》問屋がありましてね。ここからですと、和泉橋《いずみばし》で神田川を越えると、すぐですな。柳原堤に近いところです。

会津屋に、お喜代《きよ》という後家さんがいます。

お喜代さんは絵が好きで、娘さんのころから、あたくしどもにはよくお見えになっていました。美人で、しかも気さくな人柄でしてね。

そのころ、あたくしも若かったですから、お喜代さんの相手をしていて、胸がときめいたものでしたな」

伊織としては、相手の話がどこに行こうとしているのか、そしてなぜ自分が呼びだされたのか、さっぱり見当がつかない。しかし、ここは我慢強く聞くしかなさそうだった。

太郎右衛門が照れ笑いをする。

「いや、これはつまらぬ思い出話になりましたが。お喜代さんは会津屋のひとり娘でしたから、婿《むこ》を迎え、男の子も生まれました。会津屋の将来はこれで安泰と安心したのも束の間、子どもが五歳になったとき、亭主がぽっくり病気で死んでしまったのです。

会津屋としては、お喜代さんの再婚も考えたようですがね。つまり、また婿を迎えるということです。

ところが、お喜代さんがもう亭主は持ちたくない、あとは気ままに生きたいと言い張りましてね。

そこで、隠居していた大旦那《おおだんな》――お喜代さんの父親ですな――が乗りだしてきました。高齢にもかかわらずまだ矍鑠《かくしゃく》としていることもあり、また孫《まご》が五歳になったこともあり、お喜代さんのわがままを許したのです。

大旦那が復帰し、会津屋を孫に引きわたすまで、自分が引き受けるというわけですな。

かくして、お喜代さんは気ままな身の上になったわけです。

十日ほど前、お喜代さんがあたくしを訪ねてきて、こう言いました。

『絵師になりたいのです。絵師と言っても、ただの絵師ではなく、枕絵《まくらえ》を描きたいのです。力を貸してください』

あたくしは唖然《あぜん》としました。ぽかんと口を開けたまま、しばらく返事もできませんでしたよ。

ご承知のように、枕絵は春画《しゅんが》のことです。女だてらに、枕絵師になりたいというのですからね。

越後屋はおおっぴらではありませんが、春本や春画も発行しております。お喜代さんはそれを知っていたのでしょうね。

しかし、あたくしは、いささか腹が立ってきましてね、

『世間知らずの女が、いったい、なにを頓珍漢《とんちんかん》なことを言っているのだ』

と、叱《しか》りつけたい気分でしたが、お得意を相手にそうもいきません。

そこで、あたくしはともかく、話を聞いたのです。

お喜代さんは絵を描くのが好きだったようで、娘のころは師匠について花鳥画《かちょうが》などを習っていたようですな。持参した絵を見せてもらったのですが、あたくし

は内心、

『う〜む、これは』

と、うなりました。そして、見方が変わってきたのです。

あの才能は本物ですぞ。あたくしは、こんな商売をしていますから、絵の才能を見抜く眼力はあるつもりです。あたくしも本気になってきましてね。

これが、お喜代さんが描いた花鳥画です」

太郎右衛門が数枚の絵を示した。

伊織は牡丹《ぼたん》や雉《きじ》が描かれている絵を見て、たしかにうまいなと思った。

しかし、才能があるかどうかの判断はできなかった。

伊織にとって、絵はなによりも写実《しゃじつ》だった。骨格にしろ、筋肉にしろ、内臓にしろ、正確に描かれていることが大事だった。

だが、この際、自分の絵画論を述べるのは遠慮する。

「私も、上手《じょうず》な絵だとは思いますが……」

「お喜代さんを応援してやりたいという気持ちはもちろんですが、あたくしは商売っ気が芽生えてきたのです。本屋としてピンときたと言いましょうかね。

『女が描いた枕絵。謎《なぞ》の女枕絵師』

というわけです。これは、きっと売れますぞ」

太郎右衛門が言葉に力をこめた。

依然として話の行先は不明だったが、伊織も興味が湧《わ》いてきたのは事実だった。

「ふうむ。しかし、絵を見ただけで絵師が男か女かはわかりませんぞ。まさか、本名を出すわけにもいきますまい」

「もちろん、隠号《いんごう》ですがね。あたくしは、

陰門軒好陽
上開亭吸茎

などを考えています。

そして、絵師は、名は明かせないが、じつは女で、後家さんですと言って、売りだすのです。嘘《うそ》ではありませんからね。

そうすると、あとはなにも言わなくても、みなが勝手に、

『孤閨《こけい》をかこつ後家さんが、自分で慰《なぐさ》めながら描いたんだとさ』

『とんでもない淫乱《いんらん》後家で、自分の赤裸々《せきらら》な体験を描いているらしいぜ』

などと憶測《おくそく》してくれます。

そして、噂が広がり、売れるというわけです」

「ほう、そんなものですか」

「まあ、そんなものです。

もちろん、なにより人を、とくに男を惹《ひ》きつけるような絵であることが前提ですがね。お喜代さんの絵には、その魅力があります。

さて、前置きが長くなってしまいましたが、これから、いよいよ先生へのお願いになります。

ご承知のように、枕絵は誇張《こちょう》が多いですな。

陰茎はありえないほど巨大ですが、これは一種の約束事のようになっています。

また、交わる男と女のかっこうも、実際にはとうてい無理な体勢をしていますが、これも挿入しているところをもろに見せるための苦肉の策でしてね。

その結果、枕絵はしばしば滑稽《こっけい》ですな。枕絵が笑い絵とも称される所以《ゆえん》でしょうが」

太郎右衛門がそばにあった枕絵を並べ、示した。

どれも、男の陰茎は巨大である。

また、性交の体位はすべて奇矯《ききょう》だった。太郎右衛門が指摘するように、交接部位を読者に見せるための姿勢だった。いわゆる正常位では、男女の下半身が重なりあい、陰茎が陰門に挿入されているところが見えないからである。

「枕絵はこんなものという先入観があるので、不思議に思いませんが、たしかに、この男根の大きさや、交わっている男女のかっこうは異様ですな」

「ところが、お喜代さんはそんな枕絵特有の約束事や誇張を排し、男と女の情交を淫蕩《いんとう》に、官能的《かんのうてき》に描きたいというのです。そのためには、きちんと身体のことを学びたいとのことでしてね。

あたくしも感心しました。お喜代さんの目指すものは間違ってはいません。

そこで、あたくしが『解体新書《かいたいしんしょ》』を勧めると、お喜代さんは乗り気になり、ぜひ、学びたいと……」

ここにいたり、伊織もようやく自分が呼ばれた理由がわかった。

枕絵のために『解体新書』を学ぶというのは、やや突飛《とっぴ》な発想だが、斬新《ざんしん》と言えなくもない。もしかしたら、新鮮な枕絵誕生につながるかもしれなかった。

もちろん最終的には、お喜代の力量次第であろうが。

「なるほど、理にかなった手順だとは思いますが」

「そこで、先生にお願いしたいのです。『解体新書』の講義をしてやっていただけますか」

「う〜ん、なるほど、そういうことですか。

枕絵のためという理由は、あまり聞いたことがありませんが……。

わかりました、引き受けましょう。動機はどうあれ、真剣に学びたいという人を拒《こば》む理由はありません」

「ありがとうございます。

こんなことを申してはなんですが、お喜代さんは後家とはいえ、いまの会津屋の主人は実の父親ですからね。金は自由に使える身の上なのです。先生にご負担をかけることはないはずです」

「そうですか。では、いつから」

「先生さえよろしければ、明日から」

「え、明日からですか。まあ、よろしいですぞ」

伊織も急な展開に驚いたが、熱心な弟子ができるのは嬉しい。

また、助太郎にしても相弟子《あい》ができることになる。よい刺激になるはずだった。

「では、倅を会津屋に使いに立てましょう」

太郎右衛門が手を叩いて、女中を呼び寄せる。

女中に命じて、さらに助太郎を呼びつけるつもりのようだ。

ふと気づくと、雨音がする。

いつしか本降りになっていた。

自分は傘を借りて帰るとして、助太郎は蓑笠《みのかさ》姿で岩井町まで歩くことになろう。

伊織はちょっと助太郎に同情した。

四

すでに、床店はすべて戸を閉じていた。店内は無人である。

いつもなら、あちこちの柳の木のそばに夜鷹が立ち、歩いている男に声をかけてくる。ところが、今夜はひとりもいないのは、夕方からさきほどまで、かなり強い雨が降っていたからであろう。

いまは皓皓《こうこう》と輝く月が柳原堤を照らしているが、地面はまだぬかるんでいる。莫蓙を地面に敷いての商売は難しいからに違いなかった。

人がいないせいか、草むらの虫の音が大きい。

井上権之助《いのうえごんのすけ》はなにげなく、後ろを振り返った。気配を感じたというより、人通りが少ないため、あとを追ってくる足音が気になったのかもしれなかった。

見ると、背後に武士の姿があった。

しかも、頭巾《ずきん》をかぶって顔を隠している。そして、井上が振り返ったことにあきらかに動揺していた。

やにわに、井上は胸騒ぎがした。

自分でもだらしないと思うが、心臓の鼓動が途端に速くなり、腋《わき》の下《した》を冷や汗が伝う。

じつは、井上は本所松井町《ほんじょまついちょう》で女郎買《じょろうが》いをしての帰りだった。松井町には岡場所《おかばしょ》があり、女郎屋がたくさんある。

岡場所の馴染みの遊女との情交を堪能《たんのう》した井上は、松井町を出ると、両国橋《りょうごくばし》を渡って隅田川を越えた。

そのあとは柳原堤を歩いて、下谷の屋敷に戻るところだった。

(おい、しっかりしろ。おまえは腰に両刀を差しているのだぞ)

井上は自分で自分を叱咤《しった》激励した。

しかし、後ろから来る頭巾の武士に、このままずっと背中を向けているのは怖かった。

自分でも姑息《こそく》とは思いながらも、なにか忘れ物に気づいたかのように立ち止まり、ふところを探る真似をする。その際、身体をやや斜めにして、背後から来る武士をやりすごす位置になった。

武士が右手を大刀の柄《つか》にかけた。その態勢のまま、近づいてくる。

背中から斬りつける計画が、早くも失敗したからであろうか。それとも、井上が迎撃《げいげき》の態勢をとったと見たからであろうか。

井上も対応して、右手で大刀の柄を握った。手のひらに汗が滲《にじ》んでいる。

子どものころから直心影流《じきしんかげりゅう》の剣術道場で稽古をしていたが、あくまで防具を身につけ、竹刀で撃ちあうものだった。

井上はこれまで、人前で刀を抜いたことはなかった。まして、刀で巻藁《まきわら》を斬ったことすら、一度もなかった。

激しい胸の鼓動で、息苦しいほどである。

相手がすらりと刀を抜いた。

井上の目にはすらりと抜き放ったように見えたが、実際はかなりぎこちなかった。相手もかなり緊張しているようだ。

井上もあわてて刀を抜きながら、

「誰じゃ」

と、誰何《すいか》しようとしたが、喉《のど》が引きつったかのようで声にならない。

しかし、相手が誰だかがわかった。

頭巾で顔を隠していたが、その身体つきは清水久左衛門《しみずきゅうざえもん》に違いなかった。同じ道場で稽古をし、竹刀で撃ちあったこともある。

しかし、清水にしても真剣を振るうのは、初めてに違いなかった。

井上は抜き放った刀を中段に構え直し、相手の接近を阻止しようとする。

清水は井上の構えが整う前に、八双《はっそう》から強引に斬りこんできた。

だが、間合いが遠すぎ、刀は空を切った。早く斬ろうと、焦《あせ》っていたのであろう。

すかさず、井上も刀を八双に構え直し、真っ向から斬りつけたが、やはり間合いが遠すぎ、同じく刀は空を切った。早く相手を斬ろうと、同じく焦っていたのだ。

あらためて、ふたりは刀を構え直す。

その後は、いっぽうがジリジリと進むと、もういっぽうはズルズルと後退する。

その繰り返しだった。

ときどき、おたがいに刀を振るうが、相手を一刀両断にするにはほど遠かった。刀身《とうしん》と刀身が触れあい、チャリンと金属音を発する。

道場で試合をするとき、井上は鋭い踏みこみで知られていた。果敢に踏みこみ、相手にメンやコテを決めた。

しかし、大きく踏みこめたのは、防具を身にまとっており、たとえ撃たれても竹刀だという安心感があったからであろう。

真剣で対峙《たいじ》しているいま、足は恐怖にすくみ、地面に根が生えたように動かない。事情は、清水も同じに違いなかった。

それでも、井上はときどき、上半身のあちこちに痛感があった。剣先がわずかに届いているのかもしれない。

それは清水も同様で、羽織のあちこちに裂け目があり、血が滲んでいた。

井上は早くも、ハアハアと口から荒い息を吐いていた。

見ると、清水も肩で息をしているのがわかる。同様に、極度の緊張と恐怖にとらわれているに違いない。

「おぬし、清水久左衛門じゃな」

あえぐように、井上が言った。

それを聞くより、清水が、

「うぬーっ」

と、低くうめきながら、猛然と踏みこんで斬りつけてきた。

身体をかわす余裕はなく、井上は刀で受け止める。

ガシッと鈍く軋《きし》み、両者の刀身から火花が散った。

そのまま、力任せの鍔迫《つばぜ》りあいとなる。

井上のすぐ目の前に、相手の刀身と、ギラギラ光る双眸《そうぼう》があった。

背筋の凍るような恐怖で、井上は身体を引こうとしたが、ぐらりとよろめく。

下駄を履《は》いたままだったのだ。

（しまった。斬りあいになる前に、裸足《はだし》になっておくべきだった）

脳裏に反省が浮かんだが、もう遅い。

ぬかるみで滑り、あやうく転倒するところだったが、井上は背中を柳の木にぶつけ、かろうじて踏みとどまった。

すかさず、清水が袈裟《けさ》懸《が》けに斬りこんできたが、やはりぬかるみで足を滑らせた。

剣筋が逸《そ》れて、カッと刀身が柳の幹《みき》に喰いこむ。清水があわてて、喰いこんだ刀身を外そうとする。

そこを、井上が刀で横に払った。

柄を握った手に、肉を切り裂く感触があった。

清水の腹部から、鮮血が飛び散る。

井上は頬に、生温《なまあたた》かい返り血を感じた。

「うむう、おのれぇ」

うめきながら、清水はかろうじて刀身を幹から抜き取った。

しかし、そこまでだった。力尽き、その場にずるずると倒れこんだ。

井上は柳の木にもたれ、ハア、ハア、という荒い息をしながら、

(早く、この場から去らねば)

と、気持ちが焦った。

しかし、背中を柳の木から離すと、地面にへたりこんでしまいそうである。指一本を動かすのも大儀なほど、疲労困憊《こんぱい》していた。

喉がカラカラで、無性に水が飲みたい。

月明かりで自分の身体をながめると、あちこちから出血していた。しかし、痛

みはまったく感じない。極度の興奮状態にあるからだろうか。

はっと気づいた。

左手の小指の先がなくなり、切断面から血が流れ落ちている。井上はふところから手ぬぐいを取りだし、切断面にぐるぐる巻きにした。

（こうはしていられない。人に見られぬうちに）

井上は刀を腰の鞘《さや》におさめようとするが、右手がぶるぶる震えて、ままならない。自分で自分を叱咤しながら、ようやく鞘におさめた。

五

主人がまだ寝ていないため、下女のお末はなんとなく寝床に行くのを遠慮しているようだった。

それを察したので、沢村伊織は階段の途中までおりたところで、お末に声をかけた。

「もう寝るがよい。そなたは朝が早いのだからな。

私は調べ物があるので、寝るのはいつになるかわからぬぞ」

「さようですか。では、遠慮なく、先に休ませてもらいます」

お末は挨拶すると、玄関脇《わき》の三畳間に引きこんだ。そこが、夫婦の部屋である。

伊織はお末が寝床に向かったのを見届けたあと、階段をのぼって部屋に引き返す。

二階には薬簞笥《くすりだんす》や各種の医療器具が置かれ、さらに蘭方医で蘭学者である大槻玄沢《おおつきげんたく》の主宰《しゅさい》する芝蘭堂《しらんどう》で学んでいたころや、鳴滝塾で学んでいたころの帳面も整理して収納されていた。

伊織はそんな部屋に文机《ふづくえ》を置き、行灯《あんどん》の明かりで、吉田剛三郎から渡された抜き書きを読んでいたのだ。

包茎

包茎に、皮の余りて蒙《かむ》ると、口の狭くして脱《むけ》ぬと、二通りあり。いずれも湿気、皮の内へ滞《とどこお》りて、爛《ただ》れることあり。また、黴毒《ばいどく》を受くるときは、殊《こと》に難渋《なんじゅう》するゆえ、皮を截《き》りて療治するを第一の良策とす。

先年は余れる皮を截り去りたれども、また工夫して、亀頭の皮を縦に一鋏《ひとはさみ》に截るに、亀頭もよく露《あら》われ、皮も格別に腫《は》れず、至極簡便《かんべん》なり。

その術、まず截るべき通りの左右を、鑷子《せつし》二丁にて斜めにきびしく挟み、鑷子の先の両方より相い合して、三隅形を成すようにすべし。

右の鑷子は介者をして持たしめ、左の鑷子は自分にて持つべし。

脈絡及び神経を圧し、截るゆえ、血も出ず、痛みも少なし。

医、右手に剪刀《せんとう》を持ち、二鑷子にて挟みたる中央へ差しこみて、截るべし。截りて後も、鑷子を離すべからず。自分にて持ちたる鑷子は、別の介者に持たしむべし。

欠唇《いぐち》に用ゆる細き金創鍼《きんそうしん》にて、第一に截り留まりを縫《ぬ》い合わせ、次に左右の創口を斜絡に縫合《ほうごう》し、鑷子を離すときは皮、左右へ分かり、亀頭よく露わるるなり。

創上へは前衝《ぜんしょう》を綿片《わたぎれ》へ広げて貼じ、その上を綿布にて、ひと通り巻きてよし。

創口の癒《い》えたる後に、腫れの消しかねるものは、中黄《ちゆうき》を綿片にて広げて貼ずるときは、おのずから消散《しょうさん》するなり。

この術、しばしば試みるに、従前の治法《ちほう》よりも勝《まさ》れりとす。

包茎応用方

前衝　中黄

伊織は読み終えると、薬箱の中から、鑷子《せっし》と呼ばれるピンセットと、剪刀《せんとう》と呼ばれる西洋式鋏《はさみ》を取りだした。

手にした鑷子と剪刀は、行灯の明かりを受けて鈍く光っている。

(これで、包茎の手術をおこなうのか)

包茎の手術は、二本の鑷子で両側から包皮を強く圧迫しておいて、そのあいだを、剪刀で切り裂くのである。

伊織は鳴滝塾時代、シーボルトの助手として多くの手術に立ち会った。しかし、包茎手術は経験がなかった。

また、シーボルトの講義でも、包茎に関する内容はなかった。

『袖珍外科医典』の記述だけが頼りである。初めての手術を想像すると、緊張がこみあげてくる。

もう一度、最初から読み直す。

木戸門をドンドンと叩く音に続いて、

「沢村伊織先生、往診をお願いします。先生、開けてください」

という声がした。

下谷七軒町《しちけんちょう》に屋敷のある旗本の長谷川家《はせがわけ》では、家賃収入を得るため、敷地内に二棟《むね》の借家《しゃくや》を建てていた。ともに二階建ての仕舞屋《しもたや》である。そのうちの一棟を伊織は借りていたのだ。

長谷川家の正門は堂々たる長屋門だが、借家の住人用には別に、質素な木戸門がもうけられていた。

二棟の借家のうち、伊織の家のほうが木戸門に近いことから、なんとなく下女のお末が早朝と夜、門の開閉をするようになっていた。

医者である以上、夜中に呼びだされるのは慣れていたが、いまは、お末はすでに寝床に入っている。

木戸門を叩き続ける音は、二階の伊織の耳にも手に取るように伝わってきた。

（やむをえぬな）

伊織が立ちあがり、階段をおりかけると、お末がすでに起きだしていた。

「先生、あたしが行きますから」

そう言うや、お末が下駄をつっかけて、外に出ていく。

寝巻の上に、亭主の半纏《はんてん》をひっかけていた。

しばらくして、お末にともなわれて、三十代の男が現われた。

看板法被《かんばんはっぴ》を着て、腰に木刀を差していた。武家屋敷の中間《ちゅうげん》らしい。右手に提灯《ちょうちん》をさげている。

「井上の屋敷からまいりました。往診をお願いいたします」

「屋敷はどちらか」

「伊予加藤《いよかとう》さまの、上屋敷の近くです」

中間の言う伊予加藤さまとは、伊予大洲藩《おおずはん》（愛媛県《えひめけん》大洲市）加藤家のことである。大洲藩の上屋敷を取り囲むように、幕臣の屋敷がひしめいていた。

ともあれ、大洲藩の上屋敷であれば、さほど遠くはない。

「病人か、怪我人か」

「怪我人でございます」

「怪我の具合は」

「へい、出血しておりまして、そのお……」

中間が言い渋る。

伊織がきっぱり言った。

「怪我によって用意する物が違う。状況がわからないままでは、ろくな治療はできぬぞ」

「へ、へい。刀であちこちを斬られておりまして、かなり出血もしております」

「よし、では、いまからすぐ行く」

伊織はいったん二階にあがると、薬箱をさげておりてきた。

「ご苦労だが、運んでもらうぞ」

薬箱を中間に手渡す。

そのときには、下男の虎吉も寝巻のまま出てきていた。お末が手伝い、伊織が手早く着替えをするのを見ながら、

「先生、お供ができなくて、申しわけありません」

と、これまで何度も繰り返してきた詫《わ》びを言う。

虎吉は大工だったが、普請《ふしん》場の事故で怪我をしてから、夫婦ともども住みこみで働くようになった。怪我で足が不自由になったため、薬箱をさげて伊織の供をするのは無理だったのだ。

すでに雨はあがっていたが、まだ道はぬかるんでいるであろう。伊織は足駄《あしだ》に足を乗せた。

井上家の長屋門の扉は固く閉じられているため、脇の袖門をくぐって中に入る。それまでに、伊織は夜道を歩きながら、おおよそのことを聞きだしていた。

中間の説明は次のようだった――。

＊

井上家は旗本で、当主は謹一郎《きんいちろう》。謹一郎の弟の権之助は、いわゆる部屋住《へやずみ》である。結婚もできず、屋敷の離れに一室をあたえられていた。

この権之助が、さきほど夜がふけてから、全身血まみれになって帰ってきた。

その血だらけの姿を見ると、ひとりで歩いてきたのが信じられないほどだった。屋敷にたどりついた途端、権之助は気を失って倒れてしまった。

とりあえず、奉公人たちが権之助を部屋に運びこんだ。そのあと、晒し木綿を出してきて、全身の出血箇所に巻きつけ、応急の血止めをした。

刀で滅多斬りにされたようだが、当の権之助が意識がないため、状況はまったく不明である。誰に、どこで斬られたかもわからない。

当主の謹一郎が知らせを受け、様子を見にきた。弟の全身に刀傷があるのを知るや、顔をしかめ、

「なんだ、そのざまは」

と、吐き捨てるように言った。

そして、そばに置かれていた権之助の佩刀《はいとう》を手に取り、刀身をなかばまで抜いてあらためる。刀身はあちこちが刃こぼれし、しかも血糊《ちのり》が付着《ふちやく》していた。

謹一郎の顔は青ざめ、引きつっている。無言でパチンと刀身を鞘に戻した。

それでも、いちおう奉公人に、

「医者を呼んでやれ」

と命じ、虫の息の弟には言葉もかけず、プイと去った。

奉公人同士で相談し、下谷七軒町に住む蘭方医に往診を願うことにした――というのが、いきさつだった。

袖門から中に入ると、石を敷いた道が玄関まで続いているが、

「こちらへどうぞ」

と、中間が伊織を案内したのは、敷石から逸れた右のほうだった。

月明かりに照らされているが、屋敷の様子はほとんどわからない。ただ黒々とした塊《かたまり》だった。

中間の提灯が照らす地面はぬかるんでいる。

母屋《おもや》の建物をまわりこんで、庭らしきところをしばらく歩く。あちこちから虫の音が響いてきた。

行灯のともっている部屋があった。

「ここから、おあがりください」

中間にうながされ、伊織は足駄を脱いで、濡縁《ぬれえん》にあがった。

障子《しょうじ》を開けると、六畳ほどの殺風景な部屋に、ほとんど半裸で、あちこちを晒し木綿でぐるぐる巻きにされた男が横たわっていた。枕元に下女らしき女が座り、そばに水を入れた盥《たらい》と、手ぬぐいが置かれている。

中間が声をかけた。

「権之助さま、お医者さまですよ」

しかし、返事はない。眠っているようだが、ゼイゼイという苦しげな呼吸をしていた。

伊織はそばに座ると、まず手首の脈を診《み》た。脈は弱々しい。

あらためて、まじまじと容貌《ようぼう》を見る。

行灯の明かりに照らされた権之助の顔は、中間の説明によると二十代のなかばのはずだが、十歳くらい老けて見えた。

出血と疲労で憔悴《しょうすい》しているからであろう。

「手伝ってくれ」

伊織は中間と女中に手伝わせ、応急で巻きつけた晒し木綿をいったん解き、全身の傷を確認していく。

まず気になったのが、右の乳の三寸（約九センチ）ほど下にある刺し傷だった。ちょうど肋骨《ろっこつ》と肋骨のあいだをつらぬいており、傷口は口径一寸（約三センチ）くらい。わずかに小指の先が入るほどだが、深さがよくわからなかった。

傷を広げて中をのぞくと、肺臓《はいぞう》が赤く見えた。鮮血が泡《あわ》になって、呼吸とともに湧き出てくる。

伊織は薬箱から、水銃《すいじゅう》と呼ばれるスポイトを取りだした。そして、水銃で血の泡を吸い取ったが、次々と湧きだしてくる。

（刀の切っ先が肺に届いているな。肺が破れている……）

絶望を覚えたが、伊織はとりあえず金創針と糸で、傷口を二か所で縫いあわせた。

そして、縫いあわせた傷口に綿をあて、晒し木綿で縛る。これで、とりあえず湧きだしてくる血の泡は止められよう。

続いて目をとめたのは、左手の小指の先が失われていることだった。これは縫うことはできないため、晒し木綿を裂いて包帯を作り、丁寧《ていねい》に巻いて血止めをし、傷口を保護した。

小指の血止めをしながら、伊織は権之助の手のひらには、指の付け根に顕著《けんちょ》な胼胝《たこ》があるのに気づいた。

職人ならともかく、武士の手に胼胝があるのは珍しい。

(ははあ、竹刀や木刀を振ることでできた胼胝だな。剣術道場に通っていたのかもしれないな)

だが、いまはそんな詮索《せんさく》をしているときではない。

さらに見ていくと、肩、腕、胸、腰などに合わせて十か所近い切り傷があったが、すべて縫いあわせるほどの深い傷ではない。傷口を確かめたあとは、血止めになるよう、きちんと巻き直した。

手当てが終わると伊織は、そばにいる中間と女中に言った。

「出血で消耗《しょうもう》している。体力の回復をはかるのが第一であろうな。人参養栄湯《にんじんようえいとう》という薬を服用《ふくよう》するのがよいであろう」

人参養栄湯は、病後や産後の体力低下、貧血などの症状を改善するために用いられる薬で、地黄《じおう》、当帰《とうき》、白朮《びゃくじゅつ》、茯苓《ぶくりょう》、人参《にんじん》、桂皮《けいひ》、遠志《おんじ》、芍薬《しゃくやく》、陳皮《ちんぴ》、黄耆《おうぎ》、甘草《かんぞう》、五味子《ごみし》などの生薬《きぐすり》を配合して作る。

だが、伊織は悲観的だった。

（切り傷だけなら、人参養栄湯を服用して、あとは傷の自然治癒《ちゆ》を待てばよいが、問題は胸の刺し傷だな。

刃物で損傷《そんしょう》を受けた肺が、自然治癒するとは考えにくい。たとえ、いったん体力が回復しても、今度は肺が急激に悪化する……）

肺の治癒は、奇蹟《きせき》を期待するしかあるまい。いくら手当てをしても、助からない公算のほうがはるかに高かった。

そう考えると、伊織は徒労感《とろうかん》で気持ちが沈んでくる。

かといって、手当てを放棄《ほうき》するわけにはいかない。いまできる、最善のことをやるべきであろう。

「気分はどうですかな」

伊織は念のため、権之助に呼びかけた。
しかし、依然として返事はない。
最後に、伊織は手首を取って脈を確かめたあと、中間と下女に言った。
「私はひとまず、これで帰る。明日、また様子を見にまいるつもりだ。
怪我人が目が覚めて、なにか飲みたいと言えば、ぬるま湯を飲ませるがよい。
また、なにか食べたいと言ったら、粥《かゆ》をあたえるがよかろう。
とりあえず薬を処方するので、夜が明けたら、受け取りにきなさい」
そう言い置いて、伊織は井上家を辞去した。

第二章　ヘイサラバサラ

一

助太郎の声がする。

話をしている相手は女のようだが、聞き慣れない声である。助太郎が笑い、女も笑っている。

声ははっきり聞き取れるのだが、どういうわけか、顔が見えない。

自分も話に加わろうとするのだが、女は気がつかないのか、いっこうに振り向いてくれない。

もどかしさがつのる。

「申しわけありませんね。そろそろ起こしてきましょうか」

お末が言った。

女が答える。

「いえ、往診でお疲れなのでしょう。お起こしするのは、それこそ申しわけありません。

あたしは待つのは、いっこうにかまいませんよ。助太郎さんと話をしていると、退屈しませんから」

助太郎が得意げに、検死の様子を話しはじめる――。

そこで、目が覚めた。

沢村伊織は一瞬、あたりを見まわしながら、現実なのか夢の続きなのか、戸惑う。

ゆっくりと、眠る前の記憶がよみがえってくる。

井上家の往診から帰宅したとき、すでに夜明けが近かった。

疲れていたが、すぐに寝るわけにはいかない。井上家の使いが薬を受け取りにくるからだ。

伊織は二階にあがり、薬簞笥《くすりだんす》から各種の生薬《きぐすり》を取りだした。そして、薬研《やげん》を使って人参養栄湯を調合する。

ようやく薬ができあがったとき、明六ツの鐘《かね》の音が響いてきた。ひさしぶりで徹夜をしたことになろう。

伊織が紙に包んだ薬を持ち、階段をおりると、すでに下女のお末が台所で飯を炊《た》き、味噌汁《みそしる》を作っていた。

「井上家の使いが、薬を受け取りにくるはずだ。渡してくれ」

伊織はお末に紙包みを託《たく》し、薬の煎《せん》じ方や服用《ふくよう》の仕方など、注意事項を伝えた。

「はい、わかりました。すると、先生はこれからどうされますか」

「うむ、これから、ちょいとひと眠りする」

そう言って、伊織は二階で眠りについたのだが、いつしか夢を見ていたようだ。

ハッと気づいた。

今日から、会津屋の後家のお喜代が『解体新書』を学びにくるのだった。

階下から聞こえる女の声は、お喜代に違いない。

窓の障子《しょうじ》を見ると、すでに日は高くなっていた。一ツ時《いっとき》（約二時間）ほど眠ったことになろうか。

（いかん、すっかり忘れていた）

伊織はあわてて起きあがると、階段をおりた。

それまで談笑していたお喜代が、伊織を見るや居ずまいを正し、

「会津屋の喜代でございます」

と言い、畳に三つ指をついて、丁寧《ていねい》なお辞儀をする。

「うむ、まあ、挨拶《あいさつ》はのちほど」

伊織もどぎまぎした。

寝起きの姿が急に恥ずかしくなる。

急いで台所に向かうと、伊織は水瓶《みずがめ》から柄杓《ひしやく》で盥《たらい》に水を汲《く》み、顔を洗って、口をすすいだ。寝乱れた着物を正し、帯を締め直す。

お末がそばに来た。

「井上さまのお屋敷から使いの人が来たので、薬は渡しました。注意も伝えましたよ」

「うむ、わかった」

「そのあと、横山町の吉田剛三郎という方の使いと言って、下男らしき男が、先生に手紙を届けにきました」

そう言いながら、書状を渡す。

伊織は受け取るや、

「吉田は、昨日訪ねてきた男だ。ほう、なんだろうな」

と、つぶやきつつ、すぐに開封した。

目にした途端、違和感を覚える。吉田の筆跡《ひっせき》ではなかった。だが、妻のお長が代筆したのだと知れた。そして、代筆した理由もわかった。

（柳原堤で襲われたのか。ちょうど、俺が越後屋に向かっていたころだろうな）

吉田が推測しているように、鶴丸の包茎《ほうけい》手術を望まない勢力が背景かもしれない。

また、面倒に巻きこまれるかな……。

不吉な予感がする。

「どうかしましたか」

お末が心配そうに言った。

手紙を読み終えた伊織の顔が曇り、眉根《まゆね》に皺《しわ》が寄ったのを見逃《みのが》さなかったようだ。

伊織は手紙をふところにねじこみながら、

「うむ、まあ、急ぎではない。

それより、いまはこっちが大事だ」

と、教場に向かう。

*

「お待たせして、申しわけなかった。越後屋太郎右衛門どのから、おおよそのところはうかがっております」

あらためて挨拶をしながら、伊織はお喜代をまじまじと見た。

着物の上に被風《ひふ》を羽織《はお》っている。

髪は、髷《まげ》の端《はし》を短く切り揃《そろ》えて後ろにさげ、髻《もとどり》は紫色《むらさきいろ》の打紐《うちひも》で束ねていた。

「切髪《きりかみ》」とも「後室髷《こうしつまげ》」とも呼ばれる、後家特有の髪型だった。

だが、お喜代は切髪でいながら、というより切髪だからこそと言うべきか、表情は生き生きとしていた。

ほとんど化粧っ気はないが、頬《ほお》も唇もまるで結婚前の娘のように、ふくよかで、つややかである。

「さきほど、助太郎さんにお聞きしたのですが、つい最近まで『解体新書』の講義を受けていた方がいらしたとか」

「さよう、旗本の娘御《むすめご》の、咸姫《みなひめ》どのが学んでおりました。ところが、婚儀がととのい、輿入《こしい》れが決まったので、それどころではなくなったようでしてね。供をしていた女中の話だと、咸姫どのが生まれたときに、早くも親同士で縁組を決めたそうでしてね。咸姫どのには許嫁《いいなずけ》がいたわけですが、まだふたりで話をしたことはもちろん、顔を見たこともないとか」

そばで聞きながら、助太郎がなんともつらそうな表情をしている。

お喜代がしみじみと言った。

「お武家の縁組は、親同士で決めるものだそうでございます。あたしどもは商人ですが、やはり同じようなものでしたよ。親同士が決め、あたしは従うだけでした。そんなものだと思っていましたから、とくに不平不満もありませんでしたけどね。

あたしの場合など、婚礼の三々九度《さんさんくど》の盃のとき、初めて相手の顔を見て、

『ああ、この人が、あたしの夫か』

と、妙な感心をしたものでした。

いま思うと、迂闊《うかつ》と言いましょうか。間が抜けていますよね」

お喜代がおかしそうに笑った。

伊織としては返答に窮《きゅう》する。

「そうでしたか。

まあ、ではさっそく、はじめましょうかな」

伊織は、助太郎には手習い用に『商売往来《しょうばいおうらい》』から抜きだした手本を渡す。

また、お喜代には天神机《てんじんづくえ》ではなく文机《ふづくえ》を出し、『解体新書』を渡す。

お喜代は『解体新書』を開くなり、

「まあ、人間の骨はこんなかっこうなのですか」

と、嘆声《たんせい》を発し、顔に喜色《きしょく》があふれる。

やはり、まずは図版に目が行くようだった。


伊織が『解体新書』の概略を説明していると、

「先生、検死をお願い申しやす」

と言いながら、若い男が無遠慮に入口の土間に入ってきた。

看板法被《かんばんはっぴ》を着て、挟箱《はさみばこ》を棒に通して肩にかついでいた。足元は草鞋《わらじ》履きである。

「おや、金さん」

振り返った助太郎が叫《さけ》んだ。

南町奉行所の定町廻り《じょうまちまわ》同心・鈴木《すずき》順之助《じゅんのすけ》の供をしている、中間《ちゅうげん》の金蔵《きんぞう》だった。

伊織はため息をつきたい気分だったが、ぐっとおさえる。

「なにか事件か」

「へい、全身血まみれの死体が転がっていましてね。お侍のようです」

「場所はどこか」

「柳原堤です」

柳原堤と聞き、伊織はさきほど手紙で知らされた、吉田の災難《さいなん》を思いだした。

やはり、柳原堤だった。これは、たんなる偶然だろうか。

とりあえず疑問はおさえ、中間に問う。

「鈴木さまと辰治《たつじ》親分は」

「鈴木の旦那《だんな》と親分は柳原堤にいます。あっしが、お知らせにまいりました。

おう、助さん。おめえさんも来るんだろう?」

最後に、金蔵は片手をあげて助太郎に合図をする。

ふたりは伊織の検死の際に顔を合わせ、いつしか親しい間柄《あいだがら》になっていた。

金蔵が登場した途端、検死と察して目を輝かせていた助太郎だが、もう浮足立っている。手習いどころではないようだ。

しかも、金蔵のほうから念を押され、もう伊織の供をするのは確定したようなものだった。

伊織は成り行きに、内心「う〜ん」と、うなった。

もちろん、検死には薬箱を持参しなければならないので、助太郎に供をしてもらうのはありがたい。しかも、助太郎は検死の供に慣れているので、なにより気がきく。

だが、難題がお喜代だった。

初日に、さんざん待たせたあげく、いざ講義開始と思ったら、すぐに中断してしまうのでは、なんとも申しわけない。

対応に苦慮《くりょ》している伊織に向かい、お喜代が口を開いた。

「先生、これからお出かけになるのですか」

「うむ、まあ、町奉行所のお役人から呼ばれておるのですが、まだ講義をはじめたばかりですからな」

「あら、あたしはかまいませんよ。

その代わり、あたしもお供をさせてください」

「えっ、供と言っても、私がやるのは検死ですぞ。つまり、死体を検分することですぞ」

「はい、それは助太郎さんにうかがっているので、承知しております。死体も人体ではございませんか。まさに『解体新書』の、実地の講義になると存じます。ぜひ、お供をさせてくださいませ」

「う～ん、たしかに死体を検分するのは、生身の身体を検分することですが。しかし、病死した遺体ではありませんぞ。無残《むざん》に殺害された死体ですからな」

「はい、平気とは申しませんが、覚悟はしております。

たとえどんなことになろうと、あたしの責任ですから。けっして、先生のお邪魔にならないようにいたします。お供させてください。

平助《へいすけ》、出かけるからね」

お喜代が入口のほうに向かって声をかけた。

平助は会津屋の丁稚小僧《でっちこぞう》で、お喜代の供をしてきた。

筒袖《つつそで》の縞《しま》の着物に、角帯を締めている。講義が終わるまで、入口の上框《あがりかまち》に腰をおろし、じっと待っていたのだ。

上框に近い台所に竹籠《たけかご》が置かれ、蜜柑《みかん》が満載されていた。平助がかついで持参したものである。お喜代の手土産《てみやげ》だった。

「へ～い、かしこまりました」

返事をして、平助が立ちあがる。

あれよあれよという間に、事態が進行していく。

伊織もついに押しきられてしまった。

「それでは、まあ、『解体新書』の講義の一環《いっかん》ということにしましょうか」


伊織が二階からおろしてきた薬箱には、外箱に鉄の環《わ》がついている。

助太郎は鉄の環に棒を通し、薬箱を肩にかつぐや、

「金さん、どうだい」

と、いかにも得意そうだった。

この棒は、助太郎が下男の虎吉にせがんで、作ってもらったものである。

樫材《かしざい》でできていて、先端《せんたん》に環をひっかけるためのくぼみがあり、担《にな》い棒《ぼう》として実用的だった。同時に、木刀としての役割もあった。

ふたつの目的を実現するよう助太郎に頼まれ、虎吉がもと大工の腕を振るって樫材を鉋《かんな》で削《けず》り、作ったのだ。

木刀としても使いやすいよう、わずかに反《そ》りをつけ、手で握る部分には滑りに

くいような加工を施《ほどこ》している。まさに特注品だった。

「ほう、なかなかいい棒じゃねえか。おいらが挟箱をかついでいる棒より、見てくれがいいな」

金蔵は羨《うらや》ましそうだった。

助太郎はなおも自慢した。

「金さんが挟箱をかついでいるのを見て、おいらはひらめいたのさ。そうだ、この薬箱も棒を通してかつげばいいや、ってね。そして、腕のいい大工に頼んで、特別に作ってもらったんだよ。

それだけじゃないぜ。この棒は、いざというときは木刀になるんだからな」

助太郎は威勢がいい。

いまにも、木刀の素振りを演じかねなかった。

みなの準備ができたのを見て、伊織が出発を告げる。

「さあ、そろそろ行くぞ」

「へい、では、ご案内します」

金蔵が先に立ち、ぞろぞろと歩きだした。

一行は中間の金蔵、伊織、助太郎、お喜代、丁稚の平助の五人である。しかも、金蔵は挟箱、助太郎は薬箱をそれぞれかつぎ、平助は萌黄《もえぎ》の風呂敷包みを手にさげていた。

神田川の方向に向け、五人が一列になって進む。

すれ違う人々は、なんとも異様な組みあわせの一行に、みな好奇の視線を向けている。いったい、どういう集団なのか、判断に迷っているに違いなかった。

二

まだ、あちこちに昨夜の雨の名残《なごり》ともいうべき水たまりや、ぬかるみがあったが、秋晴れということもあって、柳原堤は多くの人が行き交っていた。

床店《とこみせ》はどこも店開きし、店主が通行人に声をかけている。

中間の金蔵が振り向き、

「先生、あそこですぜ」

と、前方を指さした。

人だかりがしているところがある。

人々の視線の先に、死体があるに違いない。

沢村伊織が人だかり近くの床店に目をやると、古着屋や古道具屋の店主はみな、むっつりと黙りこくっている。

これだけ人の流れが滞留すると、声をかけて呼びこむわけにもいかない。みな、一刻も早く通常の人の流れになるのを待ち望んでいるのであろう。

「ちょいとごめんよ。お役目だ、お役目だ」

金蔵が声を張りあげ、人垣を掻《か》き分ける。

地面に筵《むしろ》が敷かれていた。筵の端から、泥《どろ》が分厚くこびりついた黒足袋《くろたび》がのぞいている。

筵のそばに立っていた岡《おか》っ引《ぴき》の辰治が、お喜代を見とがめた。

「おい、おめえさん、なんの用だ。女がうろつくような場所じゃねえぜ。おい、この死人《しびと》を知っているのか。もしかして、この死人はおめえさんの亭主《ていしゅ》か。

なるほど、それで、早手まわしに切髪にしたってわけか」

辰治がなかば意地悪く、なかばからかいながら追及する。

それにしても、お喜代の髪型からすぐに後家と見抜いていた。

伊織があわてて弁明する。

「この人は、私の連れでしてね」

「え、先生の連れですって」

「さよう、私の蘭学の弟子《でし》です」

「ほう、色気のある後家さんを弟子にするとは、先生もなかなか隅《すみ》に置けませんな」

「いや、そうではなく、本当に『解体新書』を学んでいるのです」

伊織は説明しながら、額に汗が浮き出るのを感じた。

岡っ引の無神経な冗談に、やや腹立ちを覚えた。内心、お喜代の同行を許したことを後悔する。

そんな様子を見て、辰治はニヤニヤしていた。

伊織と辰治のやりとりが聞こえたのか、近くの床店から、同心の鈴木順之助が煙管《きせる》をくゆらせながら、悠揚迫《ゆうようせま》らぬ態度で姿を現わした。

床店の中で休憩させてもらっていたらしい。

「おう、先生、ご苦労ですな。

外にいると、煙草《たばこ》が吸えないものですからな。煙草盆《ぼん》の火を借りていたのですが、中がせせまいのには閉口しましたぞ」

場所を借りながら、身勝手な不平を述べる。

ちらとお喜代に視線を走らせたが、なにも言わない。すでに、伊織の説明が聞こえていたのであろう。

「まず、死体を見てもらいましょうかな」

「はい。発見されたのはいつですか」

「明け方、野菜の棒手振《ぼてふり》が見つけましてね。近くの自身番に届けたわけです。

おい、辰治、筵をはがしな」

十手《じって》を使って、辰治が筵をはがした。

地面にも筵が敷かれていて、その上に二十代なかばくらいの武士が横たわっていた。全身、血と泥にまみれている。

顔の横に、頭巾《ずきん》がくしゃくしゃになって置かれていた。かぶっていたのを外したらしい。

すでに、かたわらに手桶《ておけ》と布が用意されていた。

伊織の指示のもと、助太郎と金蔵が着物を脱がせながら、水にひたした布で身体の泥を拭《ぬぐ》い落としていく。

そばにかがんだ伊織が、虫眼鏡で傷口を観察していった。

「肩から腰にかけて全部で十か所近い切り傷がありますが、どれも浅いですね。致命傷になったのは、ここ、左の腹部の深い切り傷ですね。血が大量に噴出し、出血死したと思われます」

伊織が死体の左腹を示した。

鈴木が言った。

「昨夜、かなり強い雨が降りましたな。雨の前に殺されて横たわっていたら、血は洗い流されたはず。

発見されたとき、死体は血と泥にまみれていました。ということは、雨がやんだあと、殺されたことになりますな」

「はい。全身の関節の硬直も、ややゆるんできています。そのことからも、死亡したのは雨がやんだあとなのは、裏付けできます」

伊織が死後硬直を確かめながら言った。

死体の硬直は死後およそ半時（約一時間）前後で局所的にはじまり、だいたい半日で最高度に達し、その後は徐々に弛緩《しかん》していく。

「おや、胼胝《たこ》がありますな」

伊織が、死体の左右の手の平を示す。

指の付け根に胼胝ができていた。

「ふうむ、竹刀《しない》胼胝ですな。剣術道場に通っていたのかもしれません。ところで、全身の傷はどう見ますか」

「刀で斬《き》られたと思われますが、ほとんどの傷が浅いことから見て、一方的に斬られたのではなく、斬りあいをしたのではありますまいか」

「さよう、抜き身が落ちていましてね。刀身《とうしん》の刃《やいば》を見てくだされ」

鈴木が抜き身を手渡す。

受け取った伊織は、虫眼鏡で確かめるまでもなかった。目を近づけるだけで、刀身のあちこちに刃こぼれがあるのに気づいた。

「ほう、まるで鋸《のこぎり》の歯のようになっていますね」

「おたがいに刀で撃ちあったことがわかります。便宜上《べんぎじょう》、この死体を『甲《こう》』、斬りあいの相手を『乙《おつ》』としましょう。

乙の刀も同様に、刃こぼれができているでしょうな。また、同様に、乙も身体のあちこちに切り傷を受けているはずです」

「おたがい、死力を尽くして斬りあったということでしょうか」

「死力を尽くしたのに違いはないでしょうが、斬りあいの実態は、おたがいに及び腰になり、剣先だけで相手に斬りつけていたのでしょうな。怖くて、踏みこめなかったのです。

道場で防具を身につけ、竹刀で撃ちあうのとは違いますからな。真剣での斬りあいは、そんなものです。

また、竹刀は真剣よりも長いですからな。なまじ道場剣術に慣れると、真剣の間合いがつかめないのです。

おそらく疲労困憊《こんぱい》してふらふらになったところを、甲は左の腹を斬られ、絶命したのでしょうな。

乙は致命傷を受けなかったので、からくも逃げだしましたが、やはり全身血まみれになっていたと思いますぞ」

鈴木の推理を聞きながら、伊織の頭の中にはひとつの人物像が浮かんでいた。

昨夜往診した、井上権之助である。

井上こそが、鈴木が言うところの乙ではあるまいか。

井上も負傷したが、かろうじて屋敷に帰り着いた……。

見事に符合《ふごう》するではないか。

「先生、死体のそばに、こんなものが落ちていやしたよ」

辰治が紙を広げる。

紙の上には、左の小指の先端がのっていた。

「旦那が命名した乙は、小指の先を斬り落とされたことになりやしょう。ほかの指も落ちたかもしれませんが、見つかりませんでした。泥の中に埋まっているかもしれませんがね。それとも、鼠《ねずみ》が引いていったか」

伊織はもう間違いないと思った。

井上権之助も、左の小指の先が欠損していた。また、左右の手のひらに竹刀胼胝があった。井上が乙である。

告げるべきかどうか、伊織は迷った。

鈴木が言った。

「耳寄りな話を聞きこみましたぞ。さきほど、床店の主人に煙草の火を借りていたときですが、昨日、やはり近くでちょっとした騒ぎがあったというのです。侍が刀を振りまわし、町人がひとり、斬られて怪我をしたようですな。雨が降りだす前だと言います」

「ほう。すると雨が降りだす前と、雨がやんだあとと、刃傷騒《にんじょうさわ》ぎがあったことになりやすね。ふたつは、関連があるのでしょうか」

辰治が首をかしげる。

伊織はドキリとした。

雨が降りだす前の刃傷は、吉田剛三郎に違いあるまい。とすると、吉田の刃傷事件と、甲と乙の刃傷事件は関連しているのだろうか。

急に胸騒ぎがしてきた。ややこしい事件に巻きこまれそうな兆候《ちょうこう》を感じ、不安が高まる。

突然、辰治が素《す》っ頓狂《とんきょう》な声をあげた。

「おや、おめえさん、なにをしているんだね」

お喜代が死体のそばにしゃがみ、筆《ふで》と紙を前にして、死体を一心に写生《しゃせい》していたのだ。丁稚の平助がさげていた風呂敷包みには、画材一式が入っていたらしい。

「ほう、うまいもんだな」

鈴木がお喜代の絵をのぞきこみ、感心したように言った。

続いて、思いついたようだ。

「そうだ、ついでに、この男の似顔絵を描いてくんな。身元を調べる手助けになるかもしれない。

とりあえず頼むぜ」

「はい、かしこまりました」

お喜代の顔が輝く。

町奉行所の役人に認めてもらったどころか、さらに新たな依頼をされたのである。

さっそく死体の顔のそばにしゃがみ、写生をはじめた。

平助はもう心得ているのか、画材をかかえて横に控えている。これまでも、あちこちでお喜代は写生をしてきたのであろう。

一心に写生をしているお喜代の背後に、辰治、助太郎、金蔵が立ち、のぞきこむ。さらに、多くの野次馬が遠巻きにしている。

まるで、大道芸の芸人を取り巻く、人の群れのようだった。

お喜代の手元に人々の関心が集まっているのを見すまし、鈴木がそっとその場から離れながら、伊織に言った。

「ちと、こちらに」

「はい、なんでしょう」

伊織は不審を覚えながらも、鈴木に続く。

人ごみからやや離れた柳の木のそばに立ち、鈴木が小声で言った。

「もしかしたら、先生は殺された甲、もしくは殺した乙に、心あたりがあるのではありませぬか」

伊織は努《つと》めて冷静をよそおったが、少なからぬ衝撃を受けた。鈴木の鋭敏さは驚きだった。

一見、鈴木は茫洋《ぼうよう》としている。職務にもさほど熱心そうには見えない。しかし、地道な捜査を面倒くさがっているようでいて、いつの間にか床店の主人から余談を引きだしてくるなど、じつに抜け目がなかった。

のんびり煙管をくゆらせながら、さりげなく伊織も観察しており、表情の変化を見逃さなかったのであろう。

伊織は、もはや言い逃れはできないと観念した。

しかし、肝心なのは、どこまでしゃべるかである。少なくとも、吉田剛三郎のことは秘めておかねばなるまい。

「確証はないのですが、ちょっと気になることがないわけではありません。

じつは昨夜、往診を求められましてね。名を出すのは、さしひかえたいのですが」

「先生の立場は理解しているつもりです。さしさわりのないところで、よろしいですぞ」

「全身に刀傷がありました。乙かもしれません。しかし、意識がないため、本人からはなにひとつ聞きだせてはおりません」

「ほう、武家ですか」

「旗本の子息《しそく》です」

「そうですか……われわれ町方の役人は、武家屋敷には踏みこめませんからな。もし、屋敷に乙を引き渡せと申し入れても、

『そんな人間はこちらにはいない』

と突っぱねられたら、もうそれ以上はなにもできません。

で、容態《ようだい》はどうなのです」

「手当てはしましたが、内臓が傷ついております。おそらく助からないでしょう。もしかしたら、なにも語らないまま死ぬかもしれません」

「そうですか、不人情な言い方になりますが、乙が死んでくれれば、もう後腐《あとくさ》れはありません。

乙が死に、それで一件落着ですな。どうせ、われらは手を出せない相手です。

甲と乙が殺しあって死んだということで、幕《まく》を引きましょう。乙の屋敷でも、幕臣の体面をたもつため、病死として葬《ほうむ》るでしょうな。かたや、甲は引き取り人が現われないかぎり、行き倒れ人として葬られることになりましょう。

ほかに犠牲《ぎせい》になった人間はいません。これで決着です。

さて、これで肩の荷がおりた。では、戻りますかな」

伊織と鈴木が戻ると、お喜代が似顔絵を完成させたところだった。

手に取ってながめていた辰治が、

「旦那、これだと、身元を突きとめられそうですぜ」

と、やや興奮気味に紙を差しだす。

伊織も横から、墨一色で描かれた似顔絵をながめ、感嘆《かんたん》した。

もちろん、解剖図のような正確さではない。しかし、甲の特徴を見事にとらえている。見知っている人間が絵を見れば、すぐに「あっ、甲だ」とわかるのではあるまいか。

鈴木も絵の出来栄えに感心しているようだが、無言でなにか考えている。ややあって、言った。

「似顔絵が調べに役に立つかどうか、試してみてもいいな。

おい、辰治。てめえ、この似顔絵を手掛かりにして、甲がどこの誰か、調べてみろ。

ただし、甲の正体がわかっても、われらはなにもできまい。それは、覚悟していろ。うやむやのまま幕引きにしては『腹ふくるる心地』だからな。せめて、真相だけは知りたい」

「旦那、うやむやのままだと、なぜ腹がふくれて満腹になるのですかい」

辰治が大真面目に聞き返した。

鈴木がおおげさに顔をしかめた。

「おいおい、無学の輩《やから》は、これだから困る。

『腹ふくるる心地』は、心の中に不満がたまる、という意味だぞ。昔の本に出ている。なんとかいう書物だが、なんだったかな……う～ん、このままだと拙者《せっしゃ》も無学の輩の同類だぞ」

思いだせないもどかしさで、鈴木が身もだえしている。

そのとき、お喜代が遠慮がちに言った。

「兼好法師《けんこうほうし》の『徒然草《つれづれぐさ》』ではございませんか。たしか、

おぼしき事言はぬは腹ふくる、わざなれば、

という文句があったかと存じます」

「そうです、そうです、『徒然草』です」

鈴木が破顔一笑《はがんいっしょう》する。

そばで聞きながら、伊織はお喜代の教養に感心した。武士階級の妻女に引けを取るまい。いや、伊織は自分も負けているなと苦笑した。

漢方医《かんぽうい》の家に生まれたため、伊織は幼いころから父に英才教育を受けたが、読まされたのは医書と漢籍《かんせき》だった。書名こそ知っていたが、『徒然草』は読んだことがなかったのだ。

鈴木が表情をやわらげて言った。

「そんなわけですので、この似顔絵はあずかりますぞ」

『徒然草』で、お喜代に対して親近感を持ったようである。

続いて、伊織に向かって言った。

「乙のことは、真相だけでも知りたいですな。できる範囲で、調べてみてくださ

れ。せめて、『腹ふくるる心地』は解消したいですからな」

「承知しました。

では、お先に失礼します」

伊織と助太郎、お喜代、平助は帰り支度をする。

鈴木と辰治、金蔵は残り、町役人と死体の始末について打ちあわせをするらしかった。ただし、町役人が押しつけられる結果になるのは目に見えていた。

三

柳原堤を歩きながら、沢村伊織は目の前の風景が、急にゆらゆらと揺れ動くのを感じた。すーっと意識が薄れていく。

ハッと気がつくと、助太郎に身体をささえられていた。

「先生、しっかりしてください。どうしたのですか」

「い、いや、自分でも、よくわからぬ」

「急にふらーっと身体が倒れそうになったので、とっさにわたくしが受け止めたのです」

お喜代もそばに来て、伊織の顔をのぞきこんでいる。

「どうなさったのですか」

そのとき、伊織の腹がぐうっと鳴った。

「そういえば、朝飯を食べていなかったな」

原因に思いあたる。

明け方まで薬の調合をし、一ッ時ほど寝たかと思うや、お喜代の登場で起こされ、講義がはじまったかと思うや、金蔵に呼びだされて柳原堤にやってきたのである。

朝食をとらなかったばかりか、息つくひまもないほどあわただしかった。

ちょっと恥ずかしいが、空腹による貧血症状であろう。睡眠不足が、空腹に拍車《はくしゃ》をかけたのかもしれない。

「腹が減ったな。とにかく、なにか食いたい」

そう言いながら、伊織は柳原堤を見わたす。

お喜代が言った。

「では、先生、すぐ近くに懇意《こんい》にしている店があります。そこで、お昼にしましょう。もう、そろそろいい時分ですから。

平助、利根川屋《とねがわや》はわかるね。先に行って、頼んできや。四人前だよ。いや、五人前を頼みな」

「へい、かしこまりました」

風呂敷包みをさげたまま、平助が駆けだしていく。

一行は四人である。五人前ということは、大目に頼むということだろうか。それにしても、なんの店なのか。

あれよあれよという間に手筈《てはず》がととのい、伊織は異論をとなえる暇《いとま》もなかった。というより、このあたりで食事ができる適当な店を知らないので、伊織としてもお喜代に従うしかない。

「先生、こちらです。

助太郎さん、先生のそばについていてくださいよ」

お喜代が先に立って、柳原堤をおりる。

豊島町《としまちょう》の通りに足を踏み入れた途端、食欲を刺激する匂《にお》いが漂ってきた。鰻《うなぎ》の蒲焼《かばやき》の匂いである。

（まさか、鰻ということはあるまい）

伊織も半信半疑だった。

「ここですよ」

お喜代が、二階建ての建物の前に足を止めた。

店先の置行灯《おきあんどん》には、

江戸前　大蒲焼
つけめしあり
とねがわや

と、筆太に書かれている。

店先では、炭火《すみび》の上で鰻を焼きながら、鉢巻《はちまき》をした主人らしき男が渋団扇《しぶうちわ》でパタパタあおいでいた。

鰻からしたたった脂《あぶら》が、炭火でジュッと音を立てるのが、いやでも食欲をそそる。

前垂れをした女将《おかみ》が飛びだしてきた。

「いらっしゃりませ。おひさしゅうございます。

平助どんからうかがって、もう用意をしておりますよ。どうぞ、お二階へ」

満面の笑みを浮かべ、愛想がいい。

お喜代が馴染《なじ》みの客であることをうかがわせた。

店の中に足を踏み入れると、平助が長床几《ながしょうぎ》の端に腰をおろして、待っていた。

主人の供をして鰻屋などに来たとき、主人は二階の座敷にあがるが、供は下の床几で待つのが普通である。もちろん、自分も鰻の相伴《しょうばん》にはあずかれるが、座敷にあがることはない。

ところが、お喜代は四人であがるつもりのようだ。後家の身で、男とふたりきりで座敷にあがるのを避けるつもりもあろう。

「みんなで、二階に行きましょう。先生、どうぞ。助太郎さんもご一緒に。平助、一緒においで」

お喜代の言葉に応じて、みなで二階の座敷にあがる。

すぐに女中が、茶と煙草盆を持参した。衝立《ついたて》を立てて、隣に来るであろう客とのあいだに仕切りをする。

「御酒《ごしゅ》はどういたしましょうか」

女中が尋ねた。

お喜代が言った。

「先生、お酒は召しあがりますか」

そのとき、伊織は強烈に酒を呑《の》みたいと思った。

しかし、井上権之助の容態も気になっていた。空きっ腹で呑んでは、酔っ払ってしまいかねない。

「呑みたいのはやまやまですが、やめておきましょう。これから、往診がありますから」

「そうですか、わかりました。

では、お酒はいらないよ。おまんまを持ってきておくれ」

「はい、かしこまりました」

いったん引っこんだ女中が、すぐに大ぶりの蒲焼を盛った大皿と、お櫃《ひつ》を持参した。

座敷の中に香が満ちる。

そばで、女中が給仕をしてくれる。

伊織は大皿の上の鰻を見るや、唾《つば》が湧《わ》くのを覚えた。

とにかく、早く食べたい。

蒲焼をひと口、頬張り、飲みくだした途端、美味《びみ》というよりも、胃がきゅうっと縮《ちぢ》む気がした。緊張ではなく、心地よさである。きっと身体が歓喜《かんき》しているのであろう。続いて、鰻の脂が身体にじんわりと浸透《しんとう》していく快感がある。

さらに白米を咀嚼《そしゃく》して胃に送っていると、徐々に全身に力が満ちていく気がした。

いっぽう、助太郎と平助は鰻の蒲焼を飯の上に乗せて、夢中になって掻きこんでいた。茶碗《ちゃわん》が空っぽになるや、競いあうように飯のお代わりをしている。

給仕をする女中はふたりの旺盛《おうせい》な食欲に、笑いをこらえていた。

たちまちお櫃は空になり、追加をしたほどだった。

さらに、お喜代が言った。

「鰻も、もうひと皿、頼もうかね。食べるかい」

「はい」

助太郎と平助が声を合わせて答える。

ふたりの唇は、鰻の脂でてらてら光っていた。

食べ終えたとき、伊織はふと、払いが気になった。吉田剛三郎から受け取った二分金が財布にあるが、とても足りそうになかった。

だが、お喜代は伊織のそんな懸念を察したのか、先まわりして言った。

「ここは、会津屋のつけがききますので」

会津屋ではこれまで、しばしば利根川屋から出前も取り寄せているようだ。

商家の日常の食事は質素だが、大店《おおだな》ともなると、ときおり裏長屋に住む庶民には考えられないような贅沢《ぜいたく》をする。

お喜代もこれまで外出時、利根川屋を利用していたに違いない。

四

鰻屋の利根川屋を出たあと、お喜代は供の平助とともに、岩井町の会津屋に帰っていった。

いっぽう、沢村伊織は助太郎とともに帰途についたが、途中で別れた。

「もう、ここまででよい。私は寄るところがある。薬箱は私が持つ」

ただし、助太郎のように、担い棒で肩にかつぐわけにはいかない。伊織は薬箱を手にさげ、井上家の屋敷に向かった。

相変わらず長屋門の扉は閉じられていたので、袖門を叩《たた》き、往診に来た旨《むね》を告げる。

ややあって、昨日の中間が迎えに出てきた。

看病を命ぜられ、あまり寝ていないのであろう。目が腫《は》れぼったかった。

「へい、ご苦労さまでござります」

「井上どのの容態はどうか」

「へい、昨夜、先生が帰ってだいぶ経《た》ってから、権之助さまはようやく目を覚ましましてね。

『喉《のど》が渇いた。水をくれ』

ということなので、ぬるま湯を差しあげました。

すると、もっとくれ、もっとくれということで、茶碗に三、四杯もお飲みになったでしょうか。ところが、しばらくして、吐いてしまいましてね。

あっしは内心、もうこれは駄目だなと思ったくらいです。

夜が明けてから、先生のところにうかがい、薬を受け取りました。言われたとおりに煎じて飲ませたところ、しだいに権之助さまの顔色がよくなってきましてね。言葉もはっきりしてきて、しゃべれるようになりました。

さきほどは、

『腹が減った、なにか食わせてくれ』

と申されるので、粥《かゆ》を差しあげたほどです。

もう、見違えるほどの回復ぶりでしてね。このまま治《なお》るかもしれません」

そう言いながら、中間の目に尊敬の色がある。

あれほど全身血まみれで意識もなかった人間が、およそ半日でしゃべれるようになったのは、中間の目には驚異に映るのであろう。伊織を名医と思いこみ、崇拝《すうはい》しているに違いない。

しかし、伊織は素直には喜べなかった。もちろん、中間に向かって否定的なことは言えないが、回復の見込みは薄い。

「うむ、さようか。診察しよう。案内してくれ」

「へい、こちらです」

昨夜と同様、玄関に至る敷石から外れて、右のほうに向かう。

ただし、昨夜と違うのは、屋敷の様子がはっきり見てとれることだった。

母屋《おもや》の外れで左に曲がり、奥に進む。左手には部屋が続いているが、障子はすべて閉じられていた。

右手は庭である。木々はなかば葉を落としていた。あちこちに、風で吹き寄せられた落ち葉が堆積《たいせき》している。手入れや掃除が行き届いているとは言いかねる庭だった。

「権之助さま、先生がお見えですよ」

中間が庭から声をかけた。

ややくぐもっているが、中から返事があった。井上権之助は意識を回復しているらしい。

伊織は濡縁《ぬれえん》から部屋に入る。

蒲団に横たわったまま、井上が礼を述べた。

伊織は軽くうなずいたあと、

「まず、診《み》ましょうかな」

と、傷を診察する。

そばに控えていた女中が手伝うが、中間と同様、目が腫れぼったい。徹夜の看病を命じられたのであろう。

伊織はすぐに、右の胸と腋《わき》の下《した》が腫れているのに気づいた。

指先で軽く押しただけで、井上が苦痛でうめく。あきらかに肺の症状が悪化していた。肺の破れから染み出る血泡《けつぽう》が、たまっているのかもしれない。

また、四肢《しし》の先がやや冷たくなっていた。血の循環《じゅんかん》が悪くなっているのであろう。悪化の予兆《よちょう》だった。

「先生、よくなりますか」

井上が尋ねた。

いかにも心配げな口ぶりである。

しかし、その口調に期待がこめられているのはあきらかだった。

井上は、自分でも回復を信じているに違いない。そして、医者の口から、はっきり請《う》けあってもらいたいのであろう。

伊織は迷った。

じきに元気になると力強く断言し、励ますのは簡単である。だが、結果的に本人の期待を裏切ることになる。

また、なまじ回復を信じていたら、生きているうちにすべきことを先延ばししてしまい、そのうちに容態が急変して、けっきょく、心残りのまま他界することにつながる。

残酷《ざんこく》だが、本当のことを告げたほうがいいと判断した。これは、シーボルトに教えられたことでもあった。

慎重に言葉を選びながら、伊織が言った。

「せっかく、しゃべれるまでに元気を取り戻したのです。いまのうちに、言い残しておきたいことや、会いたい人があれば、実行してはいかがですか」

井上はしばらく黙っていた。

伊織の言葉から、回復の見込みがないのを悟《さと》ったのであろう。

「わかりました。先生にお話ししましょう。

おい、外してくれ」

井上の言葉に応じて、中間と女中が黙って部屋から出ていく。

部屋の中は、伊織と井上のふたりきりになった。

しかし、部屋と廊下の仕切りは障子一枚、部屋と部屋の仕切りは、襖《ふすま》一枚である。

伊織はふたりが、あるいはどちらかが襖の陰《かげ》で、聞き耳を立てているのを感じた。

井上も立ち聞きを恐れているのか、声をひそめる。

伊織は膝《ひざ》を進め、上体をかがめて耳を近づけた。

「先生、拙者は死ぬのですか」

「残念ながら、手の打ちようがないのです。覚悟してください。

しかし、おそらく数日が残されています。ただし、いまのようにしゃべれるのは、今日いっぱいかもしれませぬ。その後は、意識が混濁《こんだく》するでしょうな。

じつは、私のほうからお伝えすることがあります」

「なんでしょうか」

「今日の早朝、柳原堤で死体が見つかりました。私は町奉行所の役人に頼まれ、検死をしてきたのです。

身分は武士です。年齢は、ご貴殿とほぼ同じくらいでしょうね。

全身に刀による浅い切り傷がありましたが、腹部に一か所、深い傷があり、これが致命傷になったようです。いわゆる出血死ですね。

身元がわからないので、おそらく行き倒れ人として、どこかの墓地に葬られるでしょうね」

言い終えて、伊織は待った。

井上は黙然《もくぜん》としていた。しかし、眼球はせわしなく動いており、心のうちの葛藤《かっとう》がうかがわれる。

伊織が言葉を続けた。

「いまが最後の機会かもしれませぬぞ。ご貴殿が黙ったままで世を去れば、いったいなにがあったのか、永遠にわからないままになるでしょうな。

いきさつだけでも話して、心残りのないようにしてはいかがですか。

他言はしてくれるなということであれば、約束は守りますぞ」

「わかりました。聞いてくだされ」

井上が語りはじめた。

声はかすれており、ときどき咳《せき》がまじるため聞き取りにくい。しかし、伊織は懸命に聞き取る――。

*

井上権之助は次男に生まれた。井上家の家督は、長男の謹一郎が継承する。次男はあくまで補欠である。

そのため、長男が病死するか、あるいは自分がほかの幕臣の家に養子に迎えられるかしないかぎり、次男の人生は暗かった。一生結婚もできず、長男が継承した屋敷の片隅に一部屋をあたえられ、部屋住として、いわば飼い殺しの人生を送るしかない。

井上は適当な婿《むこ》入りの話もなかった。

だが、唯一《ゆいいつ》の希望があった。それが剣術である。

幼いころから直心影流《じきしんかげりゅう》の道場に通っていたが、やがて、剣術で身を立てたいと思うようになった。

直心影流の免許皆伝《かいでん》を得たのち、師匠の許しを得て、

直心影流井上派

井ノ上流《いのうえりゅう》

などと自流を名乗って、町道場を開くのである。

同じ直心影流の道場に、清水久左衛門がいた。さほど気が合って親しくしていたわけではなかったが、それなりに話もするので、井上もほぼ相手の境遇がわかった。

清水は旗本の三男坊で、やはり部屋住の身である。適当な養子口もないようだった。そのため、部屋住を脱却《だっきゃく》するため、同じように剣術道場を開くことを夢見ていたようだ。

井上と清水の剣術の技量は、ほぼ拮抗《きっこう》していた。というより、おたがいがそう思っていただけかもしれない。

ある日を境《さかい》に、井上と清水のあいだに緊張感が漂うようになった。

というのは、関東の某藩《ぼうはん》がこのほど藩校を開設し、同時に藩校道場も併設《へいせつ》することになった。そして、某藩が道場主に、

「門弟《もんてい》のなかから、適当な人物を推薦《すいせん》してもらえないか。藩校道場の師範《しはん》として迎えたい」

と、内々で申し入れてきたらしいというのだ。

この噂《うわさ》が門弟のあいだに広まり、耳にした井上は身震いするほど興奮した。

藩校道場の師範になれば、たとえ微禄《びろく》であっても家禄をもらえる。生活が安定するので、妻を迎えることもできよう。

部屋住の境遇から抜けだすことができるのだ。

しかも、藩校道場の師範ともなれば、「先生」である。藩士一同から敬意を払

われる立場だった。

井上は道場主の推挙《すいきよ》を得られるよう、稽古《けいこ》にもいちだんと熱が入った。

いっぽう、清水も目の色が変わっているのがわかった。同様に、某藩の師範の座を狙《ねら》っているに違いない。

おたがいに意識していたが、それを表に出さないよう努めた。牽制《けんせい》しあっていたと言おうか。

ある日、めいめいが試合稽古をしていた。一段落すると、別な相手を見つけて試合稽古をする。

「どうだ、試合をせぬか」

清水が声をかけてきた。

井上も応じた。

「よし、望むところだ」

竹刀を構えて向きあったとき、井上は面金《めんがね》の向こうの清水の目に、異様な光があるのに気づいた。

「メーン」

「コテー」

「ドォーッ」

おたがいに果敢《かかん》に撃ちあう。

審判がいるわけではないので、勝ち負けが宣《せん》せられることはない。

延々と撃ちあうが、どれも不十分な打撃だった。

そろそろ、おたがいに息があがりかけたとき、井上は大きく踏みこみ、狙いすましたようなメンを撃った。

見事に決まり、清水の面がパシンと鳴った。

ほとんど同時に、清水のメンが自分に決まったのも感じた。

「俺のメンのほうが一瞬、速かったな」

清水が荒い息をしながら言った。

同じく荒い息をしながら、井上が言い返す。

「貴公のメンを受けたのは、たしかだ。しかし、俺のメンのほうが一瞬、速かった」

「ほう、そう思うのか。では、相撃《あいう》ちということにしよう」

どこか小馬鹿にしたような言い分に、井上もムッとした。

つい、声を荒らげていた。

「竹刀なら、一瞬の差は相撃ちでごまかせる。しかし、真剣だったらどうだ。一瞬の差で、俺の刀が貴公の頭蓋骨《ずがいこつ》を断ち割っていたぞ」

「なにぃ、口先だけでは、なんとでも言えるぞ。では、真剣で立ち会ってみるか」

「それこそ、口先だけではないのか。貴公に真剣で立ち会う度胸はあるまい」

そのときには、ふたりの口論に気づいて、道場にいた十名近い門弟はみな稽古をやめていた。

みなから注視されているため、清水も引くに引けぬようになっていた。

「なにい、言わせておけば」

清水が突然、井上につかみかかってきた。

まわりの門弟が集まり、口々に、「よせ、よせ」と言いながら、ふたりを分けようとする。

ますます清水は逆上し、籠手《こて》をした拳《こぶし》で殴ってきた。

井上も籠手で殴り返す。

おたがい面をつけているため、殴られてもさほど衝撃はない。しかし、顔面を殴りあうことで歯止めがきかなくなった。

井上はべつに突き飛ばすつもりはなかった。揉《も》みあいになり、相手を押し返そうとするうち、もつれて足が引っかかった。

はずみで、清水は背中からもんどりうって転倒した。

道場の床がドーンと響く。

やはり興奮していたからであろう、井上は倒れた清水に言い放った。

「戦場なら、俺はここで貴公の首を刎《は》ねているところだ」

そのとき、道場主が姿を現わした。

「おい、いったい何事か」

その一喝《いっかつ》で、その場はおさまった――。

「――こんなことがあったのです。斬りあいの十日ほど前のことです。いま思うと、慚愧《ざんき》の念に堪《た》えませんが」

井上が道場での出来事を語り終えた。

伊織が言った。

「では、清水久左衛門どのは、その件で、ご貴殿に遺恨《いこん》をいだいていたのでしょうか」

「きっと、そうでしょうな。思いつめたと言いますか」

続いて、井上が昨夜の柳原堤の斬りあいについて、その詳細《しょうさい》を述べた。

その叙述《じょじゅつ》は、伊織が検死で得た所見と一致している。井上が正直に語っているのがわかった。

「町奉行所の役人まで乗りだしてきたのですか。先生が清水の死体の検死を頼まれていたとは、不思議な因縁《いんねん》ですな」

「しかし、検死をしても身元はわかりません。清水家の人間が申し出ないかぎり、不明のままでしょうな。また、清水家が名乗り出るとも思えません。

さきほども述べたように、清水久左衛門どのは身元不明のまま葬られるはずです」

「清水には気の毒なことをしました。無縁仏《むえんぼとけ》ですか。

しかし、それは拙者も同じようなものです。きっと兄は井上家の不祥事《ふしょうじ》になるのを恐れ、拙者は病死したとして、早桶《はやおけ》に詰めて早々に埋葬《まいそう》するでしょうな。そのうち、忘れられます」

井上が自嘲《じちょう》した。

伊織としてはかける言葉がない。

「先生に、お願いしたい儀があるのですが」

「はい、なんでしょうか。私にできることであれば、お引き受けするに、やぶさかではありませぬが」

「拙者は動けぬので、恐縮ですが、代わりに探していただきたい」

井上の指示に従い、伊織は部屋の隅を探した。

剣術道具の面、胴、籠手、それに垂れが置かれていたが、汗が染みこんでいるのか、胸が悪くなるような臭《にお》いがこもっていた。

ほかには、衣装を入れた行李《こうり》があるだけだった。井上が述べた場所に、小さな桐《きり》の箱があった。

「これですかな」

伊織が取りあげて持参し、井上に見せた。

手のひらに乗るくらいの、四角い箱である。

「はい、それです。蓋《ふた》を開けてみてください」

井上にうながされ、伊織は箱の蓋を開けた。

中には、茶褐色《ちゃかっしょく》をした、直径が二寸（約六センチ）ほどの、ほぼ球形の物体が入っていた。表面の形状や色艶《いろつや》は金属を思わせるが、それにしては拍子抜《ひょうしぬ》けのする重量感だった。

もちろんかなりの重さなのだが、金属とは思えない。その不釣り合いが、奇怪さを感じさせる。

「ほう、これはなんですか」

「南蛮渡来《なんばんとらい》のヘイサラバサラという、貴重な物です。かつてオランダ船が長崎にもたらしたもので、経緯は不明ながら井上家に伝わっております。

祖父が死の少し前、まだ子どもだった拙者をひそかに呼び寄せ、

『井上家に代々、伝わる物じゃ。そのほうにあたえる。いざというときには売るがよい。それなりの金になるはずじゃ。誰にも言うな』

と、渡してくれました。

祖父は、拙者の部屋住の境遇を案じてくれたのです。

拙者は道場を開くときの元手にするつもりでした。しかし、もはや、それもかなわなくなりました。

そこで、そのヘイサラバサラを先生に託したいのです」

「私は他人ですぞ。井上家に代々伝わる貴重な品であれば、当主である兄上に託すべきではありませんか」

「建前はそうかもしれません。しかし、兄に渡せば、『井上家に代々伝わる品であれば、当主の自分が受け継ぐのが当然』と、平然と自分の物にしてしまうでしょう。とうてい拙者の意向は実現できますまい。お手数をかけますが、先生にお願いしたいのです。ヘイサラバサラを、ある人に届けてほしいのです」

伊織は内心、ため息をついた。

死にいく者の最後の願いをすげなく断るのは、あまりに忍びない。また、自分が命を救ってやれそうもない自責の念もある。

厄介な頼み事ではあるが、引き受けざるをえないであろう。

「どこの、誰に届けるのですか」

「本所松井町の中田屋《なかたや》という女郎屋に、お理江《りえ》という女がいます。そのお理江に渡していただきたいのです」

ここに至り伊織も、井上が兄には託せない理由がわかった。

本所松井町には岡場所がある。お理江は遊女なのだ。なまじ兄に頼めば、

『井上家の家宝を、遊女ごときにくれてやるとは何事か』

と、激怒するに違いない。

井上は、それを案じているのだ。

伊織がすぐに請けあわないのを見て、ためらっていると思ったのか、井上が言葉に力をこめた。

「岡場所の遊女風情《ふぜい》にと、お思いかもしれません。しかし、妻も子どももいない、そして井上家では厄介者の拙者には、いわばこの世でただひとりの係累《けいるい》なのです。二年後、お理江は年季《ねんき》が明けるのです。その日を楽しみにしていました。できることなら、最後にひと目見て、ひとこと、言葉を……しかし、それもかないません。ですから、せめて……」

井上の目から涙があふれ、頬を伝って流れ落ちる。

伊織も心を打たれた。

遊女のお理江が、井上にとって唯一の心休まる相手だったのだ。

哀れである。

力強く約束してやることが、せめてもの手向《たむ》けであろう。

「わかりました。私が責任をもって、お理江どのに届けますぞ」

「お願いいたします」

井上が伊織に向かい、両手を合わせようとした。

しかし、手のひらが合わさる前に、両手は力なく垂れた。

あわてて伊織が脈を確かめる。

弱々しいながらも、まだ脈はある。長いあいだしゃべったことで、精根尽き果てたのであろう。意識を失ったようだった。

＊

中間に送られて伊織が門に向かっていると、長屋門と玄関をつなぐ敷石のところに、ひとりの武士が立っていた。

袴《はかま》はつけない着流し姿で、庭下駄《にわげた》を履いていた。腰には、脇差《わきざし》だけを帯びている。

さも、屋敷内をぶらついているかのような風情である。

だが、これが演出であるのを伊織は察した。座敷に伊織を呼んで正式に対面するのを避け、さも偶然に出会ったかのようにしたかったのであろう。あくまで立ち話というわけだ。

「弟の権之助の治療にあたっておられる、蘭方医の先生ですかな」

「さようです」

「兄の謹一郎です。お世話になっております。

おい、うむ」

謹一郎が中間に向かって目で合図をした。

中間は黙ってうなずき、そっと去っていく。

伊織と謹一郎のふたりきりになった。

「弟の具合はどうですかな。粥も食べられるようになり、目覚ましい回復ぶりだと聞いておりますが」

「あくまで一時的なものです。蠟燭《ろうそく》の火が燃え尽きる直前、パッと明るくなります。あれと同じようなものと考えて差しつかえありますまい」

「すると、助からないということですか」

「はい、残念ですが、肺に穴が空いております。もう、手の施しようがございません」

「すると、あと、どのくらいでしょうか」

「明日か、長くても明後日でしょうな」

「そうですか。拙者にとって、たったひとりの弟でしてね」

謹一郎の声はいかにも沈痛《ちんつう》だった。

だが、その目にはまぎれもない喜色がある。弟の権之助の死が確実と知って、ほっとしているに違いない。

謹一郎にしてみれば、外で事件を引き起こしたらしい弟に、なまじ回復されては困るのだ。とにかく早く死んでほしいのであろう。

血まみれの弟の姿を見たとき、謹一郎は奉公人の手前もあり、医者を呼ぶよう命じた。内心では、どうせ手当ての甲斐《かい》なく死ぬと思っていたからだ。

ところが、女中や中間からその後、弟が回復している様子を聞かされ、あわてはじめた。このままでは、井上家の不祥事が表沙汰《おもてざた》になりかねない。

そこで、疑心暗鬼《ぎしんあんき》になった謹一郎は直接、伊織に弟の容態を尋ねたのだ。

その結果、間もなく弟が死ぬとわかり、謹一郎は安心したのか、うっすらと頬に笑みすら浮かべている。

武士のあいだに蔓延《まんえん》している事なかれ主義と、不祥事を隠蔽《いんぺい》する傾向の典型と言えようか。

謹一郎の満足げな顔を見ているうち、伊織はふつふつと怒りがこみあげてきた。

（ヘイサラバサラは、お理江に渡そう）

あらためて、伊織は心を決めた。

井上権之助の最後の願いを実現すると同時に、兄の謹一郎の鼻を明かすことにもつながる。

（井上家の家宝を、本所松井町の遊女にくれてやりますぞ）

伊織は内心で宣言する。

謹一郎が軽く頭をさげた。

「ご苦労でしたな。もう、先生のお手を煩《わずら》わすまでもありますまい。弟は、屋敷の者が看取《みと》りますので、もうご足労《そくろう》いただかなくてけっこうですぞ。

落ち着きましたら、お礼をお届けします」

要するに、もう治療はしなくてよいということだった。とにかく、早く弟に死んでもらいたいのであろう。

「わかりました。では、これで失礼します」

伊織は不快を押し隠して頭をさげ、井上家の屋敷を辞去した。

手にさげた薬箱の隅には、託されたヘイサラバサラがある。

第三章　包茎手術

一

不忍池《しのばずのいけ》の周囲は、およそ二十町《ちょう》（約二キロ）はあろう。水面をおおっていた蓮《はす》の葉もすでにほとんど枯れ落ちているため、池はよりいっそう広々として見える。

「同じ池でも、三味線堀とは大きな違いだな」

沢村伊織が苦笑した。

やはり苦笑しながら吉田剛三郎が、池から流れだす小川を指さした。

「忍川《しのぶがわ》という。あの三味線堀に流れこんでいる」

先日、ふたりは三味線堀のほとりで包茎《ほうけい》手術の話をした。

今日はその上流に集合し、包茎手術に向かうことになろう。

たったいま、ふたりは、忍川に架《か》かる小さな橋のたもとで落ちあったところである。

やや離れて、伊織の供をしてきた助太郎と、吉田の供をしてきた下男が話をしていた。

ともに薬箱を持って従う役目なのだが、助太郎は樫《かし》の棒で肩にかつぎ、下男は手にさげていた。助太郎はさっそく、自分が工夫した樫の棒の自慢をしているようだ。

「先日の手紙で、柳原堤で襲われたとあったが、怪我の具合はどうなのだ」

伊織の問いを受け、吉田が右の袖《そで》をまくり、右腕に巻かれた包帯《ほうたい》を見せた。

「このとおりで、傷口はほぼふさがった」

続いて、吉田は右手を前に出し、五本の指を動かした。

「日常生活にはまったく支障《ししよう》はないのだが、精密な動きにはちょっと不安があってな。ときどき、指が思うように動かぬことがあるのだ。

手術のとき、そんな事態にでもなれば一大事だ。不安をいだいて手術にのぞむこと自体、慎《つつし》むべきであろう。

そこで、足下《そつか》に相談だ。

今日の手術は足下に任せたい。不佞は助手に徹する。

どうだ、頼めるか」

「うむ、わかった。引き受けよう」

「それと、手術するところが陰茎だ。大名家の若君の前で、まさか、

『亀頭の具合はどうだ』

『もう少し剝《む》いて、露出させよう』

などというやりとりはできまい。

手術の際は、オランダ語で話そう。オランダ語なら、おたがい、言いたいことが言える」

「よし、心得た」

伊織も吉田も、鳴滝塾でシーボルトの講義を受けながら、懸命にオランダ語を習得した。

ふたりとも、医学用語はもちろんのこと、日常会話は支障ないくらいのオランダ語の能力を身につけていたのだ。

伊織が、下谷広小路《ひろこうじ》のにぎわいを見わたしながら言った。

「ところで、こんな場所で待ちあわせるというのは妙だな」

「たしかに、妙だ。不佞は内藤安十郎どのから、場所と時刻を手紙で伝えられた

とき、一瞬、先日の柳原堤の再現かと疑ったくらいだ。

思うに、家名をよほど秘密にしておきたいのであろう。我らが藩邸に出向けば、当然、家名は知れるからな。もうひとつは、藩邸で手術をおこなえば、反対勢力の妨害《ぼうかい》を受けかねない。

それを避けるため、極秘裏に進めたいということであろう」

「なるほど、それで藩邸の外というわけか。しかし、場所をどこにするつもりなのかな。もしかしたら、寺かな」

伊織が、寛永寺《かんえいじ》の壮大《そうだい》な伽藍《がらん》を見あげて言った。

上野《うえの》の山の一帯には寛永寺と、その支院の寺が多数ある。

「不佞も、寺かもしれないと思う。もしかしたら、江戸詰めの家臣の菩提寺《ぼだいじ》かもしれぬな。

おっ、現れたぞ、内藤安十郎どのだ」

吉田が最後はささやくように言った。

近づいてくる武士の目には、咎《とが》めるような色がある。早くも伊織の存在に気づいたようだ。

内藤はちらと伊織に視線を向けたあと、

「ちと、こちらへ」

と言い、吉田を離れた場所に引っぱっていく。

「先生のほかに人は許されませぬ」

押し殺したような声だったが、伊織の耳にははっきり聞こえた。

吉田が反論する。

「手術はひとりでは無理なのです。医師がふたり必要です。

それと、手術はあの蘭方医――沢村伊織どのですが――にやっていただき、わたくしは助手を務めます」

「それは困る。約束が違うではありませぬか」

「事情が変わったので、やむをえません。ご覧ください」

吉田が右の袖をめくり、包帯を見せた。

内藤の顔色が変わる。

「どうされたのですか」

「数日前、柳原堤を歩いているとき、あとをつけてきた武士に斬《き》りつけられました。あきらかに、わたしを狙《ねら》っていました。

負傷したため、いざというとき、右手の指がうまく動かない懸念があるのです。

それで、沢村どのに無理にお願いしたのです。今回の手術は、沢村どのがいないとできません」

「しかし……」

「駄目だということであれば、今回の件はお断りするしかございません」

吉田がきっぱりと言い放つ。

内藤は苦渋《くじゅう》の表情になったが、ついに同意した。

「わかりました。沢村先生にも同行を願いましょう。

ところで、襲ってきた相手に、心あたりはございますか」

「知らない相手です。菅笠《すげがさ》をかぶっていたので、顔をよく見たわけではありませんが。

しかし、わたしがとっさに木の棒を手にして振りまわしたところ、たまたま棒が顔面にあたったのです。おそらくいま、右の頰《ほお》あたりが紫色《むらさきいろ》に腫《は》れあがっているのではありますまいか」

「えっ、右の顔面ですと」

内藤が息を呑《の》んだ。

思いあたるところがあるらしい。おそらく、家中のひとりが最近、顔面に怪我をし、もっともらしい言いわけをしているのであろう。

「う〜む、なるほど。いや、これは役に立ちますぞ」

小さくうなずきながら、内藤の顔に、してやったりという笑みが浮かんだ。

これで、鶴丸の手術を阻止《そし》しようとする勢力の尻尾《しっぽ》がつかめたということであろうか。内藤にしてみれば、一種の切り札を手に入れた気分かもしれない。

「わかりました。ともあれ、大きな怪我にならずになによりでした。

さて、まいりましょうか。ご案内いたします」

内藤の顔に生気があふれ、声も弾んでいた。

二

不忍池の水面を右手に見ながら、歩いていく。

沢村伊織が目をやると、池の中ほどにある中島《なかしま》が見えた。

中島には弁財天《べんざいてん》が祀《まつ》られている。池の岸と中島を結ぶ橋を、数人連れの若い娘が渡っていく。もちろん、声は聞こえないが、笑いさざめいているようだった。

不忍池の周辺には茶屋や料理屋が多い。弁財天への参詣《さんけい》を済ませたあと、娘たちは料理を楽しむのかもしれない。

道を進むにつれ、人家が途切れることはないが、しだいに静かになる。

道に沿って建ち並ぶのは、いつしか黒板塀《くろいたべい》や垣根に囲まれた家になっていた。

「ここです」

内藤安十郎が立ち止まった。

敷地は建仁寺《けんにんじ》垣《がき》に囲まれていた。垣根越しに、萩《はぎ》の紫や白い花が咲き乱れているのが見える。その奥に、茅葺《かやぶ》き屋根の平屋があった。

一見すると、鄙《ひな》びた百姓家のようであるが、よく見ると各所に贅《ぜい》を尽くしているのがわかる。平屋とはいえ、渡り廊下でつながった離れ座敷があり、さらに庭には茶室ももうけられているようだ。

伊織は、大店《おおだな》の隠居所ではないかと想像した。藩邸に出入りの商人に、内々で借用を申し入れたのであろう。

吉田剛三郎が横目で伊織を見て、小さくうなずく。同様な想像をしているに違いない。

内藤が枝折戸《しおりど》を開け、みなは続いて中に入る。

玄関まで、根府川石《ねぶかいし》の飛石が敷き詰められていた。

伊織は飛石を踏んで歩きながら、石灯籠《いしどうろう》や赤松《あかまつ》の陰《かげ》に数人の武士が控えているのに気づいた。警護の要員であろう。

格子戸《こうしど》を開けて土間に入ると、御影石《みかげいし》の沓脱《くつぬぎ》が据《す》えられていた。それぞれ、履物《はきもの》を脱いであがる。

内藤が、玄関脇の三畳敷きの小部屋を示した。

「供の方は、ここでお待ちくだされ」

伊織は助太郎から、吉田は下男からそれぞれ薬箱などを受け取り、内藤に続いて廊下を進む。

警護の人数が、かなり配置されているはずである。しかし、人の気配はまったくない。みな、息をひそめるようにしているのであろう。

渡り廊下を歩きながら、吉田が内藤に確認する。

「お願いした物は、ご用意いただいておりますな」

「はい、焼酎《しょうちゅう》と晒《さら》し木綿は用意しました。火鉢《ひばち》に炭《すみ》も熾《おこ》しております。庭に掘り抜き井戸がありますので、きれいな水はいつでも汲《く》めます」

そばで聞きながら、伊織は準備は周到だと思った。

さらに吉田が確認する。

「われら蘭方医は手術の際、露骨な言いまわしをいたします。婉曲《えんきょく》な表現では、意味が正確に伝わらないことがあるからです。

そのままでは、ご無礼になりかねません。

そこで、われらはオランダ語を用《もち》います。けっして他意はございませんので、ご了承いただきたい」

「わかりました」

内藤も認めざるをえないようだった。

というより、どういう情景になるのか、想像がつかないのかもしれなかった。

＊

鶴丸は八畳ほどの、書院造《しょいんづく》りの座敷にいた。

そばに、ふたりの若い武士が控えている。

ただし、頭巾《ずきん》をかぶっているので、鶴丸の容貌《ようぼう》はわからない。

これも、秘密保持のためであろう。そもそも、鶴丸という名そのものが、偽名《ぎめい》かもしれなかった。

（十六歳にしては、体格は華奢《きやしゃ》だな）

伊織は鶴丸の身体を見て、まずひ弱さを感じた。

一日のほとんどを藩邸の奥で過ごしているのであろう。身体を動かすことのない生活をうかがわせた。

「手術は精密な作業になります。このままでは手元が暗いですな。障子《しょうじ》を開け放っていただけますか」

吉田の要望を受け、内藤は驚いたようである。

庭に面した障子を開放するなど、考えてもいなかったに違いない。

しかし、意を決したのか、ついと立つと、障子を細目に開け、いったん縁側に出た。

なにやらささやいたあと、内藤が障子を大きく開放して座敷に戻る。

伊織が目をやると、ふたりの武士が背中をこちらに向けて庭に立っていた。内藤に命じられ、座敷内を見ないかっこうで警護しているのだ。

伊織と吉田は顔を見あわせたあと、うなずき、まず消毒用アルコールの抽出《ちゆうしゆつ》に取りかかる。

用意した蘭引《らんびき》は三層になっていて、いちばん下の層に焼酎をそそぐ。最上層には、井戸から汲んできた盥《たらい》の中の冷たい水をそそいだ。

焼酎と冷水を入れ終わると、蘭引全体を炭火の上に置く。

炭火で熱せられた下の層の焼酎が蒸気となって上昇するが、いちばん上の層には冷水が入っているため、底辺部で冷やされて結露《けつろ》になる。

やがて、水滴《すいてき》となって第二層に落ちたそれを、取りつけた筒《つつ》で採集し、下に置いた容器に受ける。

蘭引の中で焼酎が沸《わ》きたちはじめたのを確認して、吉田が内藤に言った。

「では、まず診《み》ましょうか。上を向いて寝て、下半身は裸になっていただきましょう。着物は脱ぐ必要はございません」

「手伝ってさしあげろ」

内藤がふたりの武士に命じた。

ふたりが両脇からうながして鶴丸を立たせたあと、袴《はかま》を脱がせ、ふんどしを外した。そして、すでに座敷に敷かれていた布団に導き、仰向《あおむ》けに寝かせた。

伊織と吉田は、蒲団の両側に位置した。

ともに手早く襷《たすき》をかけ、袖をたくしあげる。

「では、失礼をいたします。手で触れますが、ご容赦ください」

吉田が言い、伊織とともに両側から着物の裾《すそ》をめくった。

まるで女の子のような、細くて白い両脚だった。両脚はぴたりと閉じている。

伊織が左手を両脚の付け根のあいだに差しこみ、陰嚢《いんのう》と陰茎を掬《すく》いあげるようにして、あらわにした。

陰嚢は緊張から縮《ちぢ》みあがり、陰茎は芽吹く前の木の芽のようだった。

「十六歳と聞いていたが、十歳の男の子の陰茎のようだな。予想していたより小さい」

オランダ語で伊織が評した。

吉田もオランダ語で応じる。

「包皮《ほうひ》で締めつけられ、発育を阻害《そがい》されているのであろう」

「うむ。亀頭が包皮で完全におおわれ、先端《せんたん》に、小便の出る穴がかろうじてあいているだけだな。これでは勃起できないのも無理はない」

「包皮を切り開いて亀頭を解放すれば、これから発育するかもしれない。また、勃起も可能になろう」

「うむ、やはり手術をすべきだな」

ふたりがオランダ語で検討をはじめ、内藤は呆然《ぼうぜん》としていた。

オランダ語の使用を許可したものの、まさか自分にまったく理解できない状況になるとは、内藤も予想していなかったのであろう。

いっぽう、介添えのふたりの武士は驚嘆《きょうたん》の目で、伊織と吉田を見ていた。

「アルコールがたまったようだぞ」

蘭引から筒でアルコールが引かれる容器を見て、吉田が言った。

「よし、はじめよう」

それぞれ、薬箱から、ピンセットに相当する鑷子《せっし》を取りだした。さらに、伊織は西洋式鋏《はさみ》である剪刀《せんとう》を取りだす。

ふたりはアルコールで手を消毒した。さらに、鑷子と剪刀、傷の縫合《ほうごう》用の金創《きんそう》針《ばり》も念入りに消毒した。

続いて、アルコールをひたした晒し木綿で、鶴丸の陰茎を丁寧《ていねい》に拭《ふ》き清める。

ひやりとした感触に、鶴丸がビクンと身体を震わせたが、ひとことも発しない。頭巾をかぶっているため、表情もわからなかった。

鶴丸は静かに横たわり、身じろぎすらしない。胆《きも》が据わっているというより、家臣の指示に従順なのがうかがえた。

吉田が右手で鶴丸の陰茎をささえながら、左手に持った鑷子の先端を包皮の先端の穴に差しこむ。伊織も、左手に持った鑷子の先端を穴に差しこむ。

ふたり息を合わせ、鑷子で強くつまみながら、左右から引っ張って穴を三角形になるよう広げる。

伊織は右手に持った剪刀を、広げた包皮の穴の中央に差しこみ、皮膚《ひふ》に切りこみを入れる。二本の鑷子できつくはさんでいるため、患者は痛みはほとんど感じないはずだった。また、出血もほどんどないはずである。

剪刀で包皮を切る。その切れ味は鋭い。伊織の手元に、皮膚を切り裂く感触が伝わってきた。

切り終えると、伊織は、

「頼むぞ」

と、左手の鑷子を吉田に任す。

「心得た」

吉田が左右の手で、二本の鑷子を受け持った。

あとは、伊織が金創針と糸で、包皮の傷を縫《ぬ》っていく。

「包皮は表と裏で、かなり性質が異なるようだ。表側は弾力が強く、収縮が大きい。これに反して、裏側は収縮の度合いが小さいぞ」

「なるほど、そこに勃起のときの皮膚の動きが関係しているのであろうな。普段は小さくやわらか、いざとなると硬く大きくなる。うまくできているぞ」

吉田が鑷子を保持したままうなずく。

縫合《ほうごう》を終えると、伊織が言った。

「よし、鑷子を外してくれ」

「よし、外すぞ」

次の瞬間、包皮が左右にぺろりと剝け、亀頭が姿を現わす。

赤味の強い、濡《ぬ》れた、先細りのした亀頭だった。誕生以来、初めて外気に触れたのである。

「うむ、手術は成功だ」

伊織がふーっと息を吐いた。

吉田も大きく息を吐いたあと、日本語で内藤に告げる。

「うまくいきましたぞ。

もう、衣装を身につけてもかまいませぬ」

ふたりの武士が、鶴丸の身支度を手伝う。

ふんどしをつけ、袴をはいた。

吉田がさらに言った。

「傷口を糸で縫いあわせております。七日後に、わたしが抜糸《ばっし》をします。それまでは、できるだけ傷を触らないようにしてください。また、抜糸をするまで、入浴はおひかえください。

亀頭――いわゆる雁《かり》ですが、これまで皮《かわ》に包まれていたため、ちょっとした刺激にも敏感ですが、お気になさることはありません。徐々に慣れていくはずです」

「わかりました。かたじけない」

内藤と、ふたりの武士が頭をさげる。

鶴丸は何事もなかったかのように端座《たんざ》している。けっきょく、ひとことも発することはなかった。

三

助太郎の手習いと、お喜代への『解体新書』の講義を終えると、沢村伊織はとくに往診の予定もなかったことから、松枝町《まつえだちょう》に出かけることにした。

帰り支度をしていたお喜代だが、伊織が松枝町に行くと知り、興味を示した。

「あら、松枝町なら、あたくしども会津屋のある岩井町のすぐ近くですよ。

では、ご一緒いたしましょう。和泉橋を通っていくのでしょう。途中まで、道は一緒ですから」

伊織はちょっと、うろたえた。

いかにも後家とわかるお喜代と連れだって歩くのは、いやでも人目を惹《ひ》くであろう。なんとも体裁《ていさい》が悪い。

しかし、考えてみると、ふたり連れで歩くわけではない。お喜代の供の平助がいる。三人連れであれば、さほど目立つこともあるまい。

「ええ、まあ、そうですな」

「松枝町の、どちらにいらっしゃるのですか」

「出島屋《でじまや》という唐物屋《からものや》に用がありましてね」

「え、唐物屋ですって」

お喜代の目が輝く。

唐物とは、清《しん》(中国)やオランダの船が長崎に運んできた舶来品《はくらいひん》のことである。

唐物屋は本来、舶来品を売る店だが、日本の職人がヨーロッパ製の各種器具を学んで独自に製作するようになると、そうした品々も取り扱うようになっていた。

「唐物屋には、あたしも一度、行ってみたいと思っていたのです。西洋の画材などもも置いているでしょうか」

「私は医療器具にしか興味がないので、気がつきませんでしたが、きっと清や西洋の画材なども置いているでしょうな」

「それは楽しみです。その出島屋に連れていってくださいませ」

「それはかまいませんが、私は出島屋の主人に相談事がありましてね」

以前、出島屋の奉公人が事件に巻きこまれた。その謎《なぞ》を伊織が解いたことがきっかけで、主人と知りあったのである。

「あら、そうでしたか。

では、先生はどうぞ、ご自分の用事をなさってください。あたしは唐物を見るだけですので、お邪魔にはならないようにいたします」

「そういうことであれば、出島屋まで一緒に行きますかな」

そのとき、助太郎はついに我慢できなくなったようだ。

「お供をしましょうか」

師匠とお喜代が唐物屋に行くと知り、自分も同行したくてうずうずしていたのだ。なかなか声がかからないので、ついに自分から申し出たようだ。

「往診や検死ではないからな。薬箱は持ってはいかない。そのほうは、供をしなくてもよいぞ」

じつは、荷物として小さな風呂敷包みがあった。しかし、伊織は自分で持つつもりだった。

助太郎は師匠にあっさり供を断られてしまい、すっかりしょげていた。

和泉橋を渡って神田川を越えた。

松枝町のにぎやかな通りを、三人連れで歩く。すれ違う男たちのほとんどが、お喜代に視線を向けていた。

出島屋は表通りに面し、堂々たる店構えだった。店先には珍奇《ちんき》な品々を展示している。

お喜代は満面の笑みを浮かべ、

「まあ、珍しいものがいろいろあるわねぇ」

と、うっとりしている。

伊織は顔見知りの丁稚《でっち》の喜助《きすけ》を見かけ、声をかけた。

「ご亭主《ていしゅ》の民右衛門《たみえもん》どのに折り入って相談したいことがあるのだが、ご都合はどうかな」

「おや、先生。おひさしぶりでございます。少々、お待ちください。旦那《だんな》さまにうかがってまいります」

喜助が奥に引っこんだ。

しばらくして、喜助が店先に戻ってきた。

「お会いになるそうです。どうぞ、おあがりください。お履物はそのままに。あたくしどもで、お預かりしますので」

「では、私はこれで」

伊織はお喜代に声をかけたあと、店にあがる。

お喜代は頭をさげ、

「はい。あたしは見物したあと、適当なところで帰りますから」

と言ったが、なかば上の空だった。

唐物にすっかり魅了されている。ギヤマン製の盃や瓶《びん》を手に取り、しきりにながめていた。

喜助に案内され、伊織は帳場に向かう。

＊

出島屋民右衛門は小紋縮緬《こもんちりめん》の羽織《はおり》姿で、帳場机に向かって座り、大福帳《だいふくちょう》になにやら書きこみをしていた。

そばの長火鉢では、五徳《ごとく》の上の鉄瓶《てつびん》が湯気をあげている。

筆《ふで》を置くと、民右衛門がほほ笑んだ。

「どうぞ、お座りください。なにか、あたくしどもでお役に立つことがありますか」

「突然、押しかけてきて申しわけない。さっそくですが、見ていただきたいものがあるのです」

伊織は持参した風呂敷包みを解き、桐《きり》の箱を取りだした。

箱の蓋《ふた》を取り去ったあと、民右衛門に差しだす。

「ヘイサラバサラという物らしいのですが」

民右衛門は箱ごと手に取り、

「ほほう、これはまた、珍しい」

と、ためつ、すがめつしている。

ヘイサラバサラを知っているのは、たしかなようだ。

やはり、唐物屋の主人は伊達《だて》ではない。伊織は、自分の勘があたっていたと思った。

ややあって、民右衛門が言った。

「どこで入手したのですか」

「じつは、ある人から預かった物なのです。ある人も、たしかなことは知らないようでした。なんでも、昔、長崎に渡来《とらい》した貴重な品だとか。

そもそも、それはなんでしょうか。恥ずかしながら、わたくしもわからないのです。それで、もしかしたら、お手前ならご存じかと思いましてね」

「そうでしたか。ヘイサラバサラはポルトガル語に由来《ゆらい》するとか。馬糞石《ばふんせき》とも呼ぶようです」

「ほう、馬糞石とは言い得て妙ですな」

伊織も命名に感心した。

まさに、馬糞をこね、固めたように見える。

「ヘイサラバサラはかつて、漢方では解毒剤《げどくざい》に用いられたようです。腹痛や疱瘡《ほうそう》の妙薬とも伝えられております。また、狐憑《きつねつ》きになった人を正気に戻す霊薬とも言われ、雨乞《あまご》いに効くとも言われております。

もちろん、狐憑きや雨乞いまでくると、たんなる伝説でしょうがね。

ヘイサラバサラの実体は、馬や牛の胃腸内にできた結石《けっせき》のようです」

「結石ですか。正体が結石と知ると、ちょっと拍子抜《ひょうしぬ》けしますが。

それでも、かなり価値のある物には違いありますまい。値段はどれくらいするものでしょうか」

「う～ん、それは難しいですな」

「では、ずうずうしいお尋ねをしましょう。

もし、出島屋にこのヘイサラバサラを持ちこんだとしたら、いくらで買い取っていただけますか」

「たしかに、あたくしどもで扱っても不思議はない品ですがね。

そういえば、昔の帳面に……祖父《そふ》の代だったか、曾祖父《そうそふ》の代だったかにヘイサラバサラを仕入れ、売ったという記録があったような気がしますな。

さて、いま、いくらで売れるでしょうか。昔より価値がさがっているのはたしかですがね……」

民右衛門が目を細めた。

頭の中で、目まぐるしく算盤《そろばん》をはじいているようである。まさに、抜け目のない商人だった。

しかし、伊織は、民右衛門が抜け目のない商人なのはたしかだとしても、けっして不誠実な商売はしないのは知っていた。

その意味で、信用できる人物である。

「そうですな、ぎりぎり十両までなら出しましょう。世の中には物好きがいますから、一年後か二年後かはわかりませんが、きっと売れるはずです。

ただし、商売としては、どれくらいの期間、寝かせておかねばならないかが肝心でしてね。そこで、買い取りの値段も決まってくるわけです。

で、あたくしどもに、お売りいただけるのですか」

「さきほども申しましたように、私の持ち物ではないのです。

持ち主に、お手前からうかがったことを伝えます。

そして、もし売るつもりなら、出島屋で買い取ってもらうよう勧めます。それで、よろしいでしょうか」

「わかりました。先生のご紹介があれば、喜んで買い取らせてもらいますぞ」

「その節は、よろしくお願いします」

伊織は、ヘイサラバサラをおさめた箱を風呂敷に包んだ。


店を出ようとする伊織に、丁稚の喜助がさっと履物を出してきた。

「私と一緒に来た者がいたな。もう、帰ったのか」

「へい、会津屋のお喜代さまですね。さきほど、お帰りになりました」

「え、名前を知っているのか」

「へい、いろいろとお買いあげいただきまして。

これから、あたくしと丁稚のふたりで、品物を会津屋までお届けする手筈《てはず》になっております。それで、お名前をおうかがいしました」

「ほう、買物をしたのか」

伊織はお喜代がどんなものを買ったのか、興味がないわけではなかったが、まさか根掘り葉掘り質問するわけにはいかない。

それにしても、お喜代が金を自由に使える立場なのはたしかなようだ。

春本や春画の世界では、金のある後家と言えば「男狂い」をするのが相場になっている。しかし、お喜代のような金の使い方をする後家もいることになろう。

ともあれ、喜助はもう、お喜代を出島屋のお得意のひとりと考えているようだった。

四

そろそろ助太郎とお喜代がやってくるころだった。

朝食を済ませた沢村伊織が講義の準備をはじめたところに、武士が現われた。供をしている中間《ちゅうげん》に見覚えがあった。井上家への往診を頼みにきた、その後は権之助の看病についていた中間である。

武士は、井上家の用人《ようにん》と名乗ったあと、伊織と対座した。

その神妙な表情から、用人がなにを伝えにきたかはすぐに想像がついたが、伊織は黙って相手の言葉を待つ。

「今日、おうかがいしたのは、ほかでもありません。井上権之助のことでございます。

看病の甲斐《かい》なく、残念ながら権之助さまは昨日、身罷《みまか》りました。

先生にはいろいろとご尽力《じんりょく》いただき、ありがとうございました。

主人の井上謹一郎も、先生にはくれぐれもよろしく申しあげてくれとのことでございました」

「畏《おそ》れ入ります。葬儀《そうぎ》はこれからですか」

「いいえ、すでに井上家の菩提寺の墓地に埋葬《まいそう》しました」

「さようでしたか。

ところで、権之助どのは亡くなられる前、どんな具合だったのでしょうか」

「そばに付き添っていた者の話によりますと、ときどき、うわごとを言うぐらいで、ほとんどなにもわからなかったのではないかと」

「そうでしたか」

伊織は重苦しい気分で応対しながら、用人がヘイサラバサラについてさりげなく言及し、あるいは探りを入れてくるのではないかと懸念していた。

中間か女中が、権之助と伊織の話を盗み聞きし、兄の謹一郎に報告していた可能性もあると考えたのだ。

井上家の家宝を弟がひそかに所持していたと知れば、謹一郎がやっきになって取り戻そうとしても、不思議はなかった。

ところが、伊織の予想に反して、用人はまったく触れない。

中間や女中は、聞き取れなかったのであろうか。

もし聞き取り、報告したとしても、謹一郎は、

「ヘイサラバサラ？　なんだ、それは。意味がわからんではないか。権之助のたわごとか、貴様の聞き間違いであろう」

と一蹴《いっしゅう》し、まともに取りあわなかったのであろうか。

考えてみると、子どものころに漢方を学んだ伊織ですら、ヘイサラバサラなど知らなかったくらいである。まして、謹一郎が知るはずがなかった。

伊織の心配は杞憂《きゆう》だったことになろう。

（よし、これで井上家からヘイサラバサラに関して追及を受けることはない。権之助の遺志《いし》を実現してやれる）

内心で、伊織がつぶやく。

そのとき、

「お早うございます」

と、助太郎が現れた。

用人はちらと振り返り、ほっとしたように言った。

「お弟子《でし》ですか」

「さようです。蘭学の初歩を学んでおります」

本当は手習いが主体なのだが、伊織は助太郎の年齢を考え、あえて言わなかった。助太郎はまだ前髪こそあるが、十四歳である。寺子屋で手習いをする子どもより、年齢は上だった。

「では、みどもはこれにて、失礼いたします」

用人にしてみれば、助太郎の登場は救いの神のようだった。気づまりな対面を、とにかく早く切りあげたかったのであろう。

「これは些少《さしょう》でございますが、薬代でございます。お受け取りください」

辞去するに際し、用人がふところから懐紙《かいし》の包みを取りだし、伊織の前に置いた。

懐紙のふくらみを見て、伊織はかなりの額と察した。

権之助の命を救えなかっただけに、伊織としてもそのまま受け取るのはややためらいがある。

「じつは、権之助さまは病気で死んだことになっております。そのあたりは、ご承知おきいただきたいのですが」

最後に、用人が念を押した。

つまりは、口止め料も含んでいるという意味だった。

「はい、承知しております」

伊織は不快をおさえ、無表情で言った。

もとより、井上家の不祥事《ふしょうじ》を表沙汰《おもてざた》にするつもりは毛頭《もうとう》ない。

町奉行所の同心の鈴木順之助が柳原堤の斬りあいを事件にする気はないのは、伊織もすでに確認していた。

＊

助太郎とお喜代が帰り支度をしていると、

「死体の身元が知れやしたぜ」

と言いながら、入口の土間にずかずかと足を踏み入れてきたのは、岡っ引の辰治である。

相変わらず、遠慮がない。

伊織は今日は、講義の開始前に井上家の用人、終了後に辰治が登場したことになると思った。少なくとも、講義には支障をきたさない。

土間に立ったまま、辰治が言った。

「おや、おめえさん、お喜代さんといったかね。ちょうど、よかった。おめえさんの描いた似顔絵が役に立ちやしたよ。といっても、べつにお奉行所から金一封は出ませんがね」

その言葉に、お喜代はもちろんのこと、助太郎も腰をおろし、落ち着いてしまった。話を聞かないうちは、とても帰る気にはならないのであろう。

とくに、お喜代にいたっては期待に目を輝かせている。

ふたりは検死に同行しているだけに、伊織もこの際、同席を認めざるをえないと思った。

「ああ、親分か。まあ、あがってくれ。講義は終わったところだ」

「じゃあ、ちょうどよかったですな」

辰治が草履《ぞうり》を脱ぎ、あがってくる。

下女のお末がすぐに、茶と煙草盆《たばこぼん》を用意した。

お喜代と助太郎の熱い視線を充分に意識しながら、辰治はおもむろに煙管《きせる》の煙草に火をつけ、一服した。

「柳原堤に倒れていた侍の死体です。鈴木の旦那は『甲』と命名しましたがね。死体に甲とか乙とか命名するのが、鈴木の旦那の悪い癖《くせ》で、わっしなんぞときどき、甲なのか乙なのか、それとも丙《へい》なのか、ごっちゃになるんですがね。まあ、それはともかく。

お喜代さんが甲の顔を絵に描きましたな。その似顔絵を手がかりに、甲の身元を探ったのですよ。

鈴木の旦那は、

『おい、辰治、この似顔絵を手がかりに、ちょいとあたってみろ。

そうだな、剣術道場に的《まと》をしぼるのがよかろう。犬も歩けば棒にあたる、だぜ』

なんぞと、なんとも気楽に言いましたがね。

実際は、大変でしてね。広いお江戸ですぜ。剣術道場の数は何十軒か、何百軒か。まるで雲をつかむような話です。

似顔絵を刷り物にして江戸じゅうに配れば、簡単でしょうがね。そうもいきません。似顔絵は一枚きり。

ということは、子分どもを手分けして、あちこち走らせるわけにもいきません」

「なるほど、似顔絵は一枚、持ってまわる人間もひとりということか」

伊織も探索の困難《こんなん》が理解できた。ひとりで江戸の剣術道場をめぐり歩かねばならないのだ。

辰治が得意げな笑みを浮かべる。

「そこで、わっしは頭を働かせましてね。両国あたりの剣術道場に見当をつけたのですよ。

十軒まであたってみて、駄目ならあきらめるつもりでしたがね。

わっしの勘は、ずばりあたりましたよ」

「ほう、それは見事だな」

伊織も岡っ引の勘に感心した。

お喜代と助太郎も思わず身を乗りだしている。

「五軒目でしたな。空振り続きで、わっしもそろそろいやになってきましてね。最初は十軒までと張りきったものの、もう五軒で最後にしようと決めたところでした。

両国の薬研堀《やげんぼり》の近くに、直心影流《じきしんかげりゅう》の道場がありましてね。駄目で元元《もともと》と、そこを探ってみることにしたのです。

剣術道場は、すぐにわかりますな。近くを、防具を竹刀《しない》にひっかけ、肩でかついだ連中がうろうろしていますから。

わっしも、まさかお武家に声をかけるわけにはいきません。

見ていると、稽古《けいこ》帰りらしい、職人風のふたり連れが通りかかったので、これさいわいと思いましてね。

似顔絵を見せて、尋ねたのですよ。すると、最初はふたりとも、

『知らねえな』

なんぞと言っていましたが、そのうちひとりが、

『おい、清水久左衛門さまじゃねえか』

と言うや、

『おう、たしかに似ているな。うむ、清水久左衛門さまだぜ。間違いない』

と、なりましてね。

そこで、わっしが空とぼけて、尋ねたのです。

『その清水久左衛門さまは、いま道場かい。ちょいと、頼まれ事があってな』

『いや、今日はいなかったな』

『そういえば、このところ見かけねえぜ』

これが、ふたりの答えです。

もう、これで間違いなしですな。

『清水さまのお屋敷はどこか、知っているか』

『お旗本のようですぜ。本所の、両国橋のすぐ近くと聞いたような気がしますがね』

ここまで聞きだし、わっしはしめたと思いましたがね」

「なるほど、たいしたものだ」

伊織は感心しながらも、辰治の手口を想像した。

実際には十手《じって》をひけらかし、脅《おど》したりすかしたりの、かなり強引な尋問《じんもん》をしたに違いなかった。

もちろん、辰治はそのあたりにはいっさい言及しない。

それにしても、場所は本所で、両国橋のすぐ近くとわかっただけで、大きな収穫だった。一帯には大名屋敷はもとより、幕臣の屋敷が多い。

清水家が旗本と判明していれば、あとは時間の問題であろう。

「で、清水久左衛門どのの屋敷はわかったのか」

「わかりやしたよ。久左衛門は清水家の三男坊でした。いわゆる部屋住ですな。

そこで、わっしは鈴木の旦那に伝えて、お奉行所から正式に清水家に問いあわせてもらったのです。

　すると、先方から、

『久左衛門は身持ちが悪いので、すでに数年前に勘当《かんどう》した。いまは屋敷にはいない。もはや、清水家とはまったく無関係な人間である』

という、木で鼻を括《くく》ったような、そっけない回答がありましてね。

　鈴木の旦那は天を仰いだあと、こう言いやしたよ。

『辰治、ご苦労だった。死体は清水久左衛門と判明し、腹ふくるる心地は解消した。

　これで終わりだ。もう忘れろ』

と、まあ、こういうわけです」

「すると、清水久左衛門どのは、実家からも見捨てられたことになろうな。清水家では、不祥事が表沙汰になるのを恐れたのであろう」

「お武家にとっては、なによりお家が大事というわけですな。お家を守るためであれば、三男坊の部屋住など、平気で見捨てますよ。

　けっきょく、身元不明の行き倒れ人として墓穴に放りこまれたわけですな」

　辰治も伊織も、表情は重苦しい。

遠慮がちに、お喜代が、

「すると、あの似顔絵はけっきょく、なんの役にも立たなかったのですか」

と口をはさんだ。

辰治が顔の前で手を横に振った。

「いえ、そんなことはありやせんよ。あの似顔絵で、清水久左衛門にたどり着いたわけですから。

鈴木の旦那もいたく感心していましてね。そして、

『辰治、似顔絵は使いようによっては、これからいろいろと役に立つかもしれんぞ。

じつは、ちょいと思いついたので、今回、試してみたのだがな。予想以上だったぞ』

というわけです。

そこで、おめえさんに相談がありやす」

辰治が顔つきをあらためた。

驚いてお喜代も威儀を正す。

「鈴木の旦那、いや、同心の鈴木順之助さまが、これからときどき、似顔絵を描

いてほしいと申されておりやしてね。

どうですかい、お手伝い願えますかね。あの旦那は突飛《とっぴ》なことを言いだしたり、人を煙《けむ》に巻いたりすることもありやすが、あとになって、

『ほほう、そこまで考えていたのか』

と思いあたり、感心することもしばしばです。

一見、ちゃらんぽらんのようですが、頭の切れる人でしてね。人情味もある人ですぜ。

どうです、手伝ってもらえませんかね」

「先生、どうですか、よろしいでしょうか」

お喜代が伊織の許可を求める。

伊織としては反対する理由はない。

「私はかまいませぬぞ。それは、そなたしだいです」

「わかりました。あたしにできることでしたら、お手伝いさせてください」

「よっし、では、鈴木の旦那に伝えておきます。

ただし、最初に申しておきますが、とくに褒美《ほうび》なんぞは出やせんよ」

「褒美なんて、とんでもございません。お奉行所の仕事を手伝わせていただくだけで、光栄でございます」

「そうですか。まあ、お奉行所から褒美は出やせんが、鈴木の旦那とわっしに任せておくんなさい。

褒美の代わりと言っちゃあなんだが、おめえさんが男のひとりやふたり、絞め殺しても、刺し殺しても、鈴木の旦那とわっしで握りつぶして、身元不明の行き倒れ人にしてしまいますぜ」

「え、そんな、まさか」

お喜代は、なかば呆然としている。

まだ辰治の悪趣味な冗談に慣れていないのだ。

第四章　似顔絵

一

両国橋で隅田川を渡り、しばらく歩くと、竪川《たてかわ》に架《か》かる一ツ目之橋《ひとつめのはし》が見えた。

竪川は隅田川と中川《なかがわ》を結ぶ掘割《ほりわり》で、本所の地を東西に直流している。流れがまっすぐなのは、掘割だからこそだった。

右手に竹の杖《つえ》を持ち、左手に小さな風呂敷包みをさげた沢村伊織は、一ツ目之橋を渡って、竪川を越えた。

あとは、竪川沿いに、東方向に歩く。

伊織は、四ツ（午前十時頃）過ぎに目的地に到着するのを見はからい、下谷七軒町の家を出てきた。

しばらく吉原で開業していたので、伊織は妓楼《ぎろう》や遊女の生活時間はほぼ知っていた。

吉原の遊女は、夜明け前に妓楼を出る朝帰りの客を送ったあと、寝床に戻って二度寝をする。

あらためて起床するのは、四ツ前後である。その後、朝風呂に入り、朝食をとり、化粧などをして過ごす。そして九ツ（正午頃）から、客を迎える。

そのため、九ツまでは遊女の自由時間でもあった。

（岡場所の遊女もほぼ同じであろう。起きるのはせいぜい四ツだろうな）

伊織はそう考え、四ツを目途《めど》にしたのだ。

歩きながら、ちらと竪川に目をやる。

俵《たわら》や樽《たる》を満載した荷舟《にぶね》が、隅田川の方向に切れ目なしに向かっていた。各地から江戸に、膨大《ぼうだい》な物資が運ばれてきているのがわかる。

もっぱら遊客を乗せる猪牙舟《ちょきぶね》や屋根舟《やねぶね》は、ほとんど見あたらない。竪川はまさに物流の大動脈だった。

そろそろ、本所松井町である。

通りを、

「とうふうィ、とおうふィ」

「蜆《しじみ》や、蜆や」

と、豆腐《とうふ》や蜆の棒手振《ぼてふり》が行く。

やはり、魚の棒手振が、

「蛸《たこ》に鮑《あわび》でござい、魚屋はよろしゅう、魚屋でござい」

と声を張りあげていた。

本所松井町一～二丁目には、「松井町」と呼ばれる岡場所があった。江戸の各地にある岡場所のなかでは、松井町は高級なほうである。

公許《こうきょ》の遊廓である吉原とは違い、岡場所の女郎屋は非合法だったが、町奉行所も見て見ぬふりをしていた。そのため、女郎屋は公然と営業している。

また、岡場所には女郎屋の客をあてにした、蕎麦屋《そばや》や一膳飯屋《いちぜんめしや》も多かった。

さらに、女郎屋を目あての棒手振の行商人も多い。

そのため、岡場所は昼夜を問わずにぎわっていた。

通りを、数人連れの女が、

「お安くないね」

「よしねえな」

「おえねえ、とんちきだ」

などと、大きな声で話し、笑いさざめきながら歩いていた。

見るからに、遊女とわかる。

みな、浴衣《ゆかた》や手ぬぐい、糠袋《ぬかぶくろ》などを手にしていた。これから連れだって湯屋に行くところらしい。

吉原の妓楼には内湯があるが、岡場所の女郎屋には内湯などないため、遊女はみな湯屋に行かねばならない。岡場所の湯屋の女湯は、朝のうちは遊女に占領されるであろう。

通りに面して、女郎屋が軒《のき》を連ねている。

伊織は順にながめていきながら、紺地に白く、

なかた屋

と染め抜かれた暖簾《のれん》に目をとめた。

やはり、昼前から女郎屋に入っていくのは気おくれがある。

入口を見つめ、深呼吸をした。

＊

伊織が暖簾をくぐって土間に足を踏み入れると、さっそく若い者が寄ってきた。

「へい、いらっしゃりませ。お早いですな。お初めてでございますか」

だが、伊織の総髪《そうはつ》に黒羽織《くろばおり》の姿を見て、医者と気づいたようである。

「お医者さまでございますか」

「うむ。お理江どのに、ちと用があるのだが」

「お理江さんですか。

へいへい、少々、お待ちを。

お理江さんがお医者を呼んでいるとは、知らなかったな」

若い者は首をかしげながら、土間から上にあがり、続いて正面の階段を足早にのぼっていく。

（こちらに都合のいいように誤解してくれたようだ）

伊織はややこしい説明をはぶくことができて、ちょっとほっとした。やはり、こんなとき、医者のいでたちは有効だった。

しばらくして、若い者が階段をおりてきた。

「お理江さんにうかがったところ、お医者なんぞ呼んでないということでしたがね」

「呼ばれたわけではない。

じつは、お理江どのの馴染《なじ》みの客人について、内々で話をしたいことがある。大事な用件を託《たく》されておってな。客人の名を言えば、お理江どのも、すぐにわかるはずだ」

「さようですか。わかりました。

では、おあがりください」

伊織は草履《ぞうり》を脱ぐと、上にあがった。

若い者にみちびかれ、階段をのぼる。

二階には、階段のすぐそばに大きな部屋があり、そこに五、六名の遊女がいた。それぞれ、鏡台に向かって化粧したり、ごろりと寝転がっていたりしていた。壁《かべ》に背をもたれて、三味線《しゃみせん》を爪弾《つまび》いている者もいる。

みな、だらしないかっこうをしていたが、障子《しょうじ》が開け放たれた廊下を伊織が通っても、誰ひとり動じる者はいなかった。

もう、慣れっこになっているのであろう。

このなかに、お理江もいるに違いない。

「ここで、お待ちください。お理江さんを呼んできます」

若い者が伊織を六畳ほどの座敷に案内し、姿を消した。

宴会用の座敷なのだろうか。すがすがしいくらいに、なんの調度もなかった。

窓の障子は開放されているので、竪川を行き交う舟が見える。

風に乗って、

「お～い」

という呼び声が伝わってくるのは、船頭《せんどう》が呼び交わしているのであろう。

やや左手にそびえているのは、回向院《えこういん》の伽藍《がらん》であろうか。

しばらくして、遊女が現われた。上田縞《うえだじま》の小袖《こそで》を着て、黒繻子《くろじゅす》の帯を締めている。

年齢は二十二、三歳であろうか。

まだ化粧前なので、やや青白い、不健康な顔色が目立つ。

「お理江どのか」

「はい」

返事をしながら、お理江が座る。

対面し、伊織は相手の顔をまじまじと見た。

鼻筋の通った、美人と言える容貌《ようぼう》だった。だが、どこか顔立ちに違和感がある。

ややあって、顔の大きさに比較して目が小さいのだとわかった。

しかし、少なくとも井上権之助は、この目の小さな顔を魅力と感じていたわけである。

「お医者さまだそうですが」

「さよう、沢村伊織と申す」

「お医者さまが、あたしになんの用でしょうか」

「井上権之助どのは知っておるな」

「はい、客人です。でも、ここ半月ほど来ていません」

「亡くなった。

私が頼まれて治療をしたが、けっきょく回復することなく、亡くなった」

「そうでしたか」

お理江の声は沈痛《ちんつう》だが、とくに動揺する様子はなかった。

取り乱すわけでもなく、涙を浮かべるわけでもない。

沈んだ声で言った。

「病気ですか」

「いや、刀で斬《き》りあいをしたようだ。相手の武士も死んだ。相撃《あいう》ちということだな。武士同士の果し合いと言えよう」

「そうでしたか。

それで、薬代や治療代のことで、あたしのところに来たのですか」

お理江が陰鬱《いんうつ》な目で見つめてくる。

伊織は少なからぬ衝撃を受けた。

思ってもみなかった質問である。

猜疑心《さいぎしん》が強い性格というより、なにかにつけて金をむしり取られる遊女の境遇が発せさせた質問であろう。

遊女の暮らしはけっきょくは金という現実を、お理江は日々、思い知らされているに違いない。わざわざ見知らぬ医師が訪ねてきたのも、つい邪推《じゃすい》してしまうのだ。

伊織は、目の前のお理江に痛々しさを覚えた。

感情をおさえ、静かに語りかける。

「いや、そうではない。それは心配しないでくだされ。

死ぬ前、権之助どのが私に、

『本所松井町の中田屋にいる、お理江という女に渡してくだされ』

と言いましてね。

いわば、遺品です。そんなわけで、私があずかりました。

これです、ご覧なさい」

伊織は風呂敷包みを解き、桐《きり》の箱の蓋《ふた》を開けて、お理江に見せた。

いったんは好奇心と期待で明るくなったお理江の顔に、たちまち失望《しつぼう》の色が浮かぶ。

「なんですか、この気味の悪い物」

「ヘイサラバサラといい、オランダから渡来《とらい》した貴重な品です」

「変な名ですね。貴重な品かどうか知りませんが、あたしはいりませんよ。

せっかく持ってきてもらったのですが、あたしはいりません。持って帰ってください な。申しわけありませんね」

「そなたがそう思うのも無理はないが、じつはこのヘイサラバサラは値打物でしてね。それなりのところに持っていけば、十両にはなる品ですぞ」
お理江の表情が一変した。
あわてて右手の人差し指を唇にあて、シッとささやく。
続いて、左右の襖《ふすま》に目をやりながら、耳を澄まして、人の気配をうかがってい
る。盗み聞きされるのを警戒しているのだ。
女郎屋にしても、木造家屋の弱点は同じだった。廊下と部屋は障子一枚、部屋
と部屋は襖一枚で仕切られているにすぎない。
防音効果は皆無《かいむ》に等しかった。
とくにいま、外光を採り入れるため、廊下と仕切る障子も、窓の障子も開け放
っていた。両隣の部屋の仕切りの襖は閉じていたが、もし襖の陰《かげ》に人がいたら、
話し声は筒抜《つつぬ》けのはずだった。
お理江が膝《ひざ》で進み、伊織に顔を近づけた。
「小さな声で話してください。どういうことですか」
「そなたは二年後に年季《ねんき》が明けるそうだな」
「はい、そうです」
「権之助どのは、そなたが年季が明けたあと、商売をする元手にでもしてほしい

と願ったのかもしれない。それで、遺品をそなたに渡したかった。権之助どのの気持ちを汲《く》み取ってやっては、どうかな」

「そうでしたか。死ぬ前に、あたしのことを考えてくれたのですね」

初めて、お理江が権之助を悼《いた》む表情になった。

いつしか、目に涙が浮かんでいる。

着物の袖で目をぬぐったあと、お理江が言った。

「だとすれば、ますます受け取れません」

「どういうことか」

「十両の値打があると知れた途端、盗まれます。こんな暮らしでは、隠し場所なんぞ、ありませんから」

「ふうむ、それはそうだな。

では、誰かに預かってもらうとかはできぬか」

「そんな人間は、まわりにはいませんよ。

いっそ、おまえさん、預かってくださいな」

「え、私が……う～ん、預かってもよいが。

しかし、私を信用できるのか。今日、初めて会ったばかりだぞ」

「おまえさんは、黙って自分の物にできたはずじゃありませんか。それを、わざわざ、あたしに届けにきてくれました。おまえさんは正直な人で、信用できる人ですよ」

「面と向かって言われると、やや照れくさいがな。しかし、私も、いつまでも預かるわけにはいかぬぞ」

「年季が明けたら、受け取りにいきます。それまで、預かってください。もし、二年経ってもあたしが行かなければ、おまえさんが勝手に売り払ってもかまいません」

「そうか、そういうことであれば、引き受けようか」

伊織はお理江に、下谷七軒町の住まいを教えた。

また、中田屋を去るときには、伊織もお理江をちょっと見直す気分になっていた。岡場所の遊女とはいえ、聡明《そうめい》な女だった。

二

中田屋を出た沢村伊織は、ふたたび竪川に沿った道を、今度は両国橋の方向に歩いた。

広袖の着物を尻《しり》っ端折《ぱしょ》りし、右肩に三枡《みます》の手ぬぐいをかけた若い男が、足早に伊織を追い抜いていった。

その後ろ姿を見ると、尻っ端折りしているため、緋《ひ》縮緬《ぢりめん》のふんどしがのぞいている。緋縮緬のふんどしを締めるなど、堅気《かたぎ》ではあるまい。岡場所に巣くっているやくざ者であろうか。

男がぐらりとよろめいた。

伊織はハッとして、その身体を注視する。

次の瞬間、背後から忍び寄ってきた男が、伊織が左手にさげた風呂敷包みをひったくった。

「あっ」

思わず、叫《さけ》んでいた。

伊織は左手を引き戻そうとしたが、間に合わない。

風呂敷包みはいとも簡単に奪われてしまった。

前方でよろめいたはずの男が振り向き、

「お～い」

と、両手を構える。

その男に向かい、風呂敷包みを奪った男が投げる姿勢を見せた。

ふたりによる連携だった。ひとりが投げ、ひとりが受け取る。

その後、ふたりが別方向に走って逃げれば、風呂敷包みを奪われた者はどちらを追うべきか一瞬、迷ってしまう。

その判断の迷いを利用して、ふたりは逃げおおせるというわけだった。

とっさに、伊織は右手に持った杖で、風呂敷包みを奪った男の首筋をピシリと打った。

やはり若い男で、桟留縞《さんとめじま》の着物を尻っ端折りしていた。

男は風呂敷包みを放り投げはしたが、手元が狂い、前方で待つ男には届かず、はるか手前にぽとりと落ちた。

首筋を打たれた男は、

「くそう、やりやがったな」

と、怒りで顔面を紅潮させていた。

そのまま、伊織につかみかかってこようとする。

伊織はいったん後退して間合いを確保したあと、杖を水平に構えて、右足を大きく踏みこんだ。体重をかけた突きだった。

杖の先端《せんたん》は、鉄の輪で補強してある。

腹部を杖で突かれた男は、

「ぐえっ」

と、うめき、口の端《は》から胃液をたらしながら、その場に膝からがくりとくずおれた。

伊織は長崎に遊学中、出島に居留《きょりゅう》するオランダ商館員から、突きを主体とする西洋剣術を学んだ。

まさにフェンシングの突きだったのだが、もちろん、男たちは知らない。

前方にいた緋縮緬のふんどしの男が、

「てめえ、なめた真似をしやがって」

と、怒りで歯ぎしりをしながら近寄ってきた。

ふところに右手を突っこみ、匕首《あいくち》を取りだす。

伊織は杖を頭上に斜め上に掲《かか》げ、殴りつける構えを見せた。相手に、突きを悟《さと》らせないためである。

男はさきほどの突きは、たまたまだと思っているであろう。西洋剣術の突きとは夢にも知らないはずだった。

匕首の刃《やいば》を見せながら、男が近づいてくる。用心しているのは、頭上から振りおろされる打撃だけであろう。

伊織はぎりぎりまで相手を引きつけておいてから、突然、右足と右肩を前にして半身の姿勢となった。そして、杖を水平に構えるや否や、身体全体で大きく踏みだす。

突きが来るなど予想もしていなかった男は、左胸に強烈な衝撃を受け、

「うわっ」

と悲鳴をあげるや、あっけなくひっくり返った。


気がつくと、いつしか野次馬が取り巻いていた。

伊織は早々に退散《たいさん》したかったが、やはりふたりの怪我が気になる。

道に落ちた匕首を拾い、遠くに放り投げたあと、風呂敷包みをひったくった男のそばにかがんだ。

「医者としては、怪我人を見て見ぬふりをするわけにもいかぬのでな。いちおう、診《み》てやる」

右の首筋には、赤く細長い蚯蚓《みみず》腫《ば》れができていた。わずかだが、出血もある。

腹部を診ると、臍《へそ》の左上あたりが赤黒く変色していた。伊織が指先で触ると、

「ううう、う」

と、男が苦悶《くもん》にうめいた。

「首筋の傷は、唾《つば》でもつけておけば治《なお》る。腹部の傷は、水にひたした手ぬぐいをあて、冷やすことだ。そのうち治る」

続いて、匕首を取りだした男を診る。

左の乳の下あたりが赤く腫れていた。手のひらをあてて確認すると、熱も帯びている。

指先で軽く押しただけで、男は顔をゆがめ、

「くくくぅーッ」

と、悲鳴をあげた。

かなりの激痛のようだ。

「ふうむ、おそらく、あばら骨にひびがはいっておるな。しかし、骨折ではない。晒《さら》し木綿で胸をぐるぐる巻きにしたらよかろう。まあ、そのうち治る。しばらく、おとなしくしていることだな。

さて、これで診察は終わりじゃ。治療費はいただかぬから、安心しろ」

伊織は風呂敷包みを拾いあげ、右手に杖を持って歩きだす。

ふたりは地面にへたりこんだまま、まだ起きあがれないようだ。

「ちょいと、通してくだされ」

野次馬の横をすり抜けて歩きながら、伊織はお理江の用心深さを思いだした。

きっと、襖の陰で若い者が盗み聞きしていたのであろう。そして、十両の値打のある品物と知った。

もし、お理江にへイサラバサラを渡していたら、そのうち、盗まれたに違いない。

ところが、お理江が受け取らず、伊織に託したため、若い者はすぐにやくざ者に告げた。

やくざ者は十両の品と知って、さっそく伊織の帰り道を狙《ねら》ってきたのだ。

(待てよ……)

伊織は、ふたりが仲間を引き連れて仕返しにくるかもしれないなと気づいた。

(連中はしつこいからな)

しかし、伊織の家を探りあてたとしても、そこは旗本屋敷の中である。

（岡場所のやくざ者でも、旗本屋敷に押し入るのは、ひるむであろう）

旗本屋敷とわかった時点で、連中もあきらめるはずだった。

三

両国橋で隅田川を越えると、そこは両国広小路である。

筵掛《むしろが》けの簡易な芝居小屋や、見世物《みせもの》小屋が建ち並んでいた。各種の食べ物を売る屋台がひしめき、葦簀《よしず》張《ば》りの茶屋も多い。あちこちでは、芸人が大道芸を演じ、易者《えきしゃ》も立っていた。

三味線の音色《ねいろ》が響くなか、太鼓《たいこ》の音がする。ときおり、人々の歓声があがった。

多くの人が行き交い、まさに雑踏《ざっとう》だった。両国広小路は、江戸でも有数の盛り場である。

本所松井町に向かうときにも、沢村伊織は両国広小路を通ったが、やはり気が急《せ》いていたので、足早に通り抜けた。

ところが、いまは帰りだけに、気持ちに余裕がある。両国広小路の人ごみを歩きながら、

（そう言えば、腹が減ったな。なにか食っていこうか）

と、あたりを見まわした。

屋台の天ぷら屋が目についた。

職人らしき男のふたり連れと、使いの途中らしき丁稚《でっち》が立ち食いをしている。

小鯛《こだい》などの白身魚のようだ。

伊織は天ぷらに食指が動いたが、いかにも医者とわかるかっこうで立ち食いはできない。

（う〜ん、よし、あそこにするか）

葦簀張りの小さな茶屋だが、店先の炭火《すみび》で木《き》の芽《め》田楽《でんがく》を焼いていた。味噌《みそ》の焦《こ》げる香《こう》ばしい匂《にお》いが食欲をそそる。

伊織は田楽に決め、長床几《ながしょうぎ》の端《はし》に腰をおろした。

すぐに茶屋女が茶を持参し、しばらくすると、注文した木の芽田楽を運んできた。

伊織が竹串《たけぐし》の端を指でつまんで田楽を食べていると、

「よろしいですかな」

と、慇懃《いんぎん》な挨拶《あいさつ》をして、四十前後の男が横に腰をおろした。

唐桟《とうざん》の羽織、白足袋《しろたび》に草履のいでたちで、大きな商家の主人のようである。

そばに、青梅縞《おうめじま》の着物を尻っ端折りし、紺《こん》の股引《ももひき》をはいた十三、四歳の少年がいる。首から大きな風呂敷包みをからげており、供の丁稚らしい。

茶屋女が茶と煙草盆《たばこぼん》を運んできた。

「いらしゃりませ」

「酒はできるかね。ふむ。団子《だんご》もあるようだね。

では、酒と田楽をもらいましょう。酒は熱燗《あつかん》で頼むよ。

あちらには、団子を出してやっておくれ」

男は茶屋女に、やや離れて腰をおろした丁稚のほうを示した。

茶屋女が引っこんだあと、男は伊織に向かい、

「お医者さまとお見受けしました。

あたくしは、加賀屋伝左衛門《かがやでんざえもん》と申します」

と、自己紹介した。

本石町二丁目《ほんこくちょう》で、酒・油屋を営《いとな》み、両替商もしているという。かなりの大店《おおだな》なのは間違いない。

「さきほどは、お見事でしたな。

所用があって、早朝から本所に出かけておったのですが、その帰り、たまたま遭遇しましてね。

いや、あざやかなお手並みには驚きました。また、最後に、怪我の具合を診察してやる手際《てぎわ》にも感心しました。

先生は、武芸もおたしなみになっているのですか」

「武芸というほどではありませんが。

連中も、まさか私が反撃してくるとは、想像もしていなかったでしょうからね。意表を突いたから勝てたのです。二度目は、ああはうまくいかないでしょうな」

「ははあ、そのように冷静に判断されているとは、ますます感服しました」

そのとき、茶屋女が酒を入れた銅製《どうせい》のちろりと田楽を持参した。

伝左衛門がちろりを持ちあげ、酒を勧める。

「どうですか、おひとつ」

「そうですな。では、いただきましょうか」

伊織もさきほどの緊張のせいか、無性《むしょう》に呑《の》みたかった。

茶碗《ちゃわん》で酒を酌《く》み交わす。

伝左衛門の問いに応じて、伊織が蘭学や蘭方医学の経歴などを語った。

うなずきながら聞き入っていた伝左衛門が、話題を変えた。

「じつは、あたくしども加賀屋は、須田町《すだちょう》一丁目に長屋を所持しております。かねがね、長屋の一室を利用して、住人のために診療所を開けないかと考えておりました。

どうでしょう、先生。そこで長屋の住人の診察と治療をしていただけないでしょうか。もちろん、店賃《たなちん》などはいただきません。

部屋は無料で提供いたしますし、調度品などはすべてこちらで用意します」

突然の申し出に、伊織も驚いた。

やや戸惑いもある。

好条件とはいえ、軽率に引き受けるべきではなかろう。

そこで、すでに下谷七軒町に根づいており、簡単に引っ越しはできない旨《むね》を告げる。

「いえ、先生に引っ越しをお願いするわけではございません。

たとえば、三の日だけ、つまり三日、十三日、二十三日と、一か月に三度、診療所にお越し願うわけです。その日は、加賀屋から下女や下男を派遣し、先生の身のまわりのお世話もさせます」

「ほう、なるほど」

伊織も興味が出てきた。

下谷七軒町と須田町一丁目であれば、あいだに神田川があるとはいえ、さほど遠いわけではない。月に三度、出張して裏長屋の住人の診察や治療にあたるのは、よい経験になるはずだった。

伝左衛門はさらに酒と、田楽を注文した。

そのあと、言葉を続ける。

「じつは、あたくしもこの歳になりまして、少しは世のため人のためになることをしたいと思うようになりましてね。

そのひとつとして、所有する長屋の一室を利用し、診療所を開設したらどうだろうかと考えたのです。長屋の住人は無料にします。

できるだけ多くの人々の面倒を見てやりたいのはやまやまですが、最初からそうすると、収拾《しゅうしゅう》がつかなくなりかねません。ですから、当面は長屋の住人に限ります。

もちろん、詰めていただくお医者には、加賀屋から謝礼をお渡しするつもりです。

と、まあ、こういうことを考えていた矢先、今日、先生にお目にかかったのです。これも、なにかのご縁ですな。そこで、思いきって声をかけさせていただいたのです。

あたくしは金儲《かねもう》けをするつもりは毛頭《もうとう》ございません。すべて、加賀屋の負担です。口幅《くちはば》ったいことを言うようですが、それくらいの余裕はございますので。

先生、いかがでしょうか」

「そこまでお考えになり、覚悟をされているとなれば、私も検討してみてもよろしいですぞ」

「ぜひ、お願いします。

近いうち、加賀屋にお越しになりませんか。まずは長屋にご案内します。あたくしが動けないときは、番頭か手代《てだい》にご案内させますので」

「そうですな、まず長屋を見せていただいたほうがよいでしょうな」

伊織も乗り気になってきた。

患者を無料にし、加賀屋から定まった報酬《ほうしゆう》を得る形式は気が楽である。

少なくとも、長屋を見学してみてもよいであろう。伊織も長屋暮らしの経験があるので、実際にその場に行けば、おおよそのことはわかる。

その後、しばらく話をして別れたが、

「ここは、あたくしが」

と言い、茶屋の払いは伝左衛門がすべて引き受けた。

四

吉田剛三郎が訪ねてきたとき、すでに助太郎も、お喜代も帰ったあとだった。

「とくに往診の予定もないので、ゆっくりしていってくれ」

沢村伊織が座を勧める。

持参した酒を下女のお末に渡すと、

「ようやく終わったぞ」

と、吉田が座りながら言った。

「そうか、ではせっかくだから、いただいた酒を呑みながら聞こう。お末、酒を出してくれ。茶碗でいいぞ」

「うむ、まず最初に伝えておこう。

昨日、鶴丸どのの抜糸《ばっし》をおこなった。とくに皮《かわ》のたるみや、引きつれもなかった。亀頭はきれいに剝《む》きだしになっていた。手術は成功と言ってよかろう」

「そうか、それはよかった。ほっとしたぞ」

「出向いたのは、先日の不忍池にほど近い、大店の隠居所らしき風流な建物だ。現われた鶴丸どのを見て驚いた。頭巾《ずきん》をしていなかったのだ。しかも、不佞を見るや、涼やかな声でこう言った。

『うむ、先日は大儀であった』

つい、不佞も気圧《けお》されてしまい、

『ははーっ、畏《おそ》れ入ります』

と、その場に平伏してしまった」

「ほう、足下《そっか》が平伏するところを見たかったぞ」

「おい、他人事《ひとごと》だからそんなことが言えるのだ。あの場にいたら、足下も平伏しているはずだぞ」

「そうかもしれぬ。生まれついての威厳というものかな。

ところで、鶴丸どのはどんな顔だったのか」

「色白で、面長《おもなが》で、顎《あご》が細い。いわゆる殿さま顔だな」

「なるほど、華奢《きやしや》な体格と符合《ふごう》する。それにしても、なぜ素顔をさらす気になったのであろうな」

「自分の陰茎が人並みになったのが、よほど嬉《うれ》しかったのであろう。男としての自信と誇《ほこ》りを取り戻したと言おうか。

もう、自分は日陰者《ひかげもの》ではないということであろうな。晴れ晴れとした顔だったぞ」

「ほう、それはいいことを聞いた。

ひとりの人間が絶望から立ち直ったのを知ると、こちらも嬉しくなるな」

伊織はしみじみと言った。

劣等感《れっとうかん》と屈辱《くつじょく》の泥沼《どろぬま》に沈んでいた人間を、手術によって引きあげてやったことになろう。医者としての喜びと誇りを実感する瞬間だった。

「抜糸のときに陰茎も観察したが、先細りしていた亀頭もややふくらみ、陰茎自体も心もち、大きくなっているように見えた。

勃起すると、ほぼ正常と変わらぬくらいの大きさになるのではなかろうか」

「すると、房事《ぼうじ》も可能だな」

「うむ、可能であろう。ただし、当分のあいだは早漏《そうろう》だろうが、そのうち慣れるであろう」

「すると、鶴丸どのは近いうちに筆《ふで》おろしも済ませ、晴れて世子《せいし》となり、やがて藩主となるというわけか」

「うむ、そこだよ」

吉田が大きなため息をついた。

続いて、茶碗の酒をぐいとあおる。

伊織も酒を呑みながら、相手の言葉を待つ。

お末が、手早く用意した豆腐を肴《さかな》に出した。


吉田が言葉を続けた。

「鶴丸どのの抜糸をし、完治《かんち》したと告げて治療を終了した。その後、不佞は内藤安十郎どのに別室に呼ばれ、そこでいろいろと話を聞いた。

当初は、できるかぎり秘密にしておこうと腐心《ふしん》していた内藤どのだが、手術の成功を知って、気が楽になったのであろうな。自慢する気分もあったのかもしれない。家名こそ明かさなかったが、内実を打ち明けてくれた。

主家は譜代《ふだい》大名で、藩主は幕閣で老中に就任《しゅうにん》する家格だそうだ。それだけに、誰が次の藩主になるかで、藩の事情が大きく変わる。多くの思惑が絡《から》んでくるわけだ。

内藤どのの話をもとに、不佞なりに整理すると、次のようになろうな。

藩主と正室《せいしつ》のあいだに男子が生まれ、その子が世子となれば、なんの問題もない。ところが、正室が出産するのは稀《まれ》だからな。

たいていは、側室《そくしつ》とのあいだに男子が生まれる。この場合も、男子がひとりだけなら、とくに異論は生じない。

ところが、複数の側室とのあいだに、複数の男子がいると、事情はややこしくなってくる。

鶴丸どのの場合がまさに、そのややこしい事情だった。鶴丸どののほかに、世子候補の男子がいたのだ」

「藩内には、鶴丸どのとは別な男子を世子に推《お》す勢力もあったというわけか」

「そのとおり。両者は水面下で駆け引きをし、相手に打撃をあたえる機会を虎視《こし》眈々《たんたん》と狙っていた。

そんな折りも折り、鶴丸どのの筆おろしが無残《むざん》に失敗した。たちまち、

『鶴丸さまは勃起不能だそうだ』

『鶴丸さまのへのこは、豆粒《まめつぶ》くらいしかないそうだ』

『鶴丸さまは、へのこがないそうだ』

などという噂《うわさ》が広まった。

こうした噂を背景に、

『鶴丸さまが藩主になれば、子どもができないのはあきらか。このままでは、お家の血筋が絶える。それがわかっていながら、世子に立てるべきではない。さいわい、ほかに男子がいる。その男子を世子にすべきだ』

という意見が公然とささやかれるようになった」

「そこで、鶴丸どのを支持する勢力は、なにがなんでも鶴丸どのに房事をしてもらわねばならない、房事のできるような陰茎になってもらわねばならない、ということか。

そう考えると、かならずしも美談とは言えぬな。やや滑稽《こっけい》でもあるし、やや陰惨《いんさん》でもあるな。

しかし、そもそも、内藤安十郎どのはなぜ、足下に頼んできたのか」

伊織が、当初から疑問に感じていたことを口にした。

吉田がうなずく。

「じつは、不佞もそのへんが疑問でな。内藤どのに直接、尋ねたのだ。

すると、内藤どのの説明は曖昧《あいまい》だったが、不佞の実家が旗本というのが決め手だったようだ。武家出身の医者であれば、秘密がたもてると思ったのであろう。

そんなことは、思いこみにすぎぬがな」

「なるほど、なんとなくわかる」

「まあ、そういう背景のもと、鶴丸どのの包茎《ほうけい》手術がおこなわれ、成功したわけだ。

　そのうち、鶴丸どのは無事に筆おろしを済ませ、藩内に広まった噂を打ち消す。

そして世子に立ち、やがて藩主となろう」

「ふうむ、逆から考えてみよう。

もし包茎のままだったら、鶴丸どのは世子に立つことはできず、いわゆる部屋住の一生だったかもしれない。しかも、女と交わることもできない、陰鬱で屈辱の人生のはずだった。

　包茎手術が、鶴丸どのの運命を変えたわけだな」

「たしかに、鶴丸どのの運命は好転した。

　しかし、逆に暗転した人々もいる。

内藤どのの話によると、鶴丸どのとは別の若君を世子に立てようと画策していた藩士は、ことごとく排斥《はいせき》されたようだ。

不佞を襲撃してきた藩士も処分を受けたとか。考えてみると、ちょっと気の毒になる。命令されただけだろうからな。

もっとも悲惨《ひさん》なのが、一部の藩士がかつごうとした若君だ。幽閉《ゆうへい》されたという。陰鬱で屈辱の人生となるであろう。

もちろん、内藤どのは勝ち誇ったように述べていた。

しかし、不佞は聞きながら、だんだん気持ちが沈んできた。聞かなければよかったと思ったくらいだ」

吉田の口調は苦渋《くじゅう》に満ちていた。

伊織も暗澹《あんたん》たる気分になってきた。

「不佞も同じ気分だ。聞かなければよかった」

「鶴丸どのが将来、名君になれば、医者として最善を尽くしたと誇りに思えるだろう。

だが、もし暗君《あんくん》になったとしたら、多くの藩士はもちろん、領民が塗炭《とたん》の苦しみを味わう。医者として最善を尽くしたことが裏目に出るわけだ。

武家の世界はこういうものなのかもしれぬが。

不佞は武士を捨ててよかったと、しみじみ思うぞ」

「そういえば、鳴滝塾のときに、シーボルト先生がこんな課題を出したではないか」

伊織が想い出を語りはじめた。


シーボルトはしばしば、塾生に課題を出し、おたがいにオランダ語で討議させた。そのひとつに、こんな課題があった。

――極悪人が瀕死《ひんし》の重傷を負《お》い、医者の前に運ばれてきた。医者は全力を尽くして治療し、全快させた。回復した極悪人は、ふたたび悪事を働いた。医師の行為は善か悪か。

みな、覚束《おぼつか》ないオランダ語で懸命に意見を言った。もちろん、結論は出ない。

最後に、塾生一同がシーボルトの意見を求めたが、その回答はこうだった。

「わたしが考えを述べれば、それが結論になってしまいます。

日本人は真面目で、年長者の考え方を尊重します。それはいいことなのですが、悪い面もあります。悪い面とは、先輩の考え方を踏襲《とうしゅう》して、自分で考えなくなることです。

ここは、わたしの考えを求めないでください。みなさん、ひとりひとりが考えてほしいのです」

シーボルトはこうした課題を塾生にあたえ、議論させることで、オランダ語の能力を高めるのはもちろん、医者としての自覚を深めさせようとしたのだった。日本人の長所と短所を見抜いていたと言えよう。

吉田が遠い目になった。

「たしかに、おたがい、むきになって意見を戦わしたことがあったな。今回の鶴丸どののことも、似ているかもしれん」

「医者としては、やはり患者を救うことに全力を尽くすべきであろう。そして、われらは全力を尽くし、成功した。

この患者は将来、ろくな人間にならないとみなして、治療に手を抜くことはできない。

けっきょく、鶴丸どのが名君になるのを祈るしかないのではなかろうか」

伊織が言った。

いつしか、鳴滝塾で切磋《せっさ》琢磨《たくま》していたころの気分がよみがえってくる。

「そうだ、約束の物を渡さねばならぬ」

吉田がふところから、袱紗《ふくさ》包《づつ》みを取りだした。

手術の謝礼である。その厚みから、かなりの金額のようだった。

「鶴丸どののお家の事情とやらを知ると、なんとなく素直に喜べぬな」

「それは不佞とて同じだが、まあ、ここは当初の予定どおり、折半《せっぱん》としよう」

吉田が謝金の半額を伊織に渡す。

その後、しばらく話をしたあと、吉田は帰っていった。

やや酔ったため、伊織は衝立《ついたて》の陰でごろりと横になった。

ぼんやり天井をながめているうち、ふと、加賀屋伝左衛門の提案を思いだした。

もし、長屋に住む独り身の男が、自分は性交ができないと悩んでいたとしたら、どうであろう。その陰茎を診ると、重度の真性《しんせい》包茎だった――。

「先生、あっしは、もう一生、女には縁がないとあきらめていますんで」

「あきらめることはないぞ。へのこの皮にちょいと鋏《はさみ》を入れるだけで、簡単に治る」

「えっ、へのこの皮を鋏で切るですって？　そんなことをして、へのこが使い物

ないか」

「手術をして、使い物になれば、儲けものであろう。それこそ、駄目で元元《もともと》では

「へい、それはそうですがね」

「おい、いまも、使い物にならないのであろうよ」

にならなくなったら、どうするんですか」

「まあ、そうですけどね」

「高い金を出し、あげくは駄目だったというのでは、泣くに泣けない。しかし、無料だぞ。手術をしてはどうか」

「へい、では、お願いしますが、なるべく、痛くないようにお願いしますよ」

そして、包茎手術を施《ほどこ》す。

手術後、十日ほどして、男が満面の笑みを浮かべ、意気揚々《ようよう》と報告に来る。

「先生、初めて岡場所に女郎買いに行ったのですがね。できました。生まれて初めて、女とできました。

あっしが正直に初めてだと打ち明けたところ、女がこう言いましたよ。

『あら、おまえさん。顔は大人だけど、へのこは赤ん坊だね。これから、あたしが赤ん坊から大人にしてあげるよ』

へへ、そんなわけで、へのこも大人になりやした」

そんな光景を想像し、伊織はクスッと笑った。

まさに、ひとりの人間を救うことになろう。

伊織は、長屋での出張診療所を引き受けてもよいと思った。

五

「下谷茅町《したやかやちょう》ですがね。不忍池が見える、風光明媚《ふうこうめいび》な場所でさ」

土間に立ったまま、岡っ引の辰治が言った。

不忍池の近くと聞いたとき、沢村伊織の頭にすぐに浮かんだのは、先日の包茎手術だった。

（まさか、同じ場所では……お家騒動がまだ尾を引いているのだろうか）

やにわに、胸に不安が広がる。

いっぽう、助太郎とお喜代は師匠に検使の要請《ようせい》がきたと知って、すでに浮足立ち、さっそく外出の準備を始めている。

ではないようだ。
手習いも、『解体新書』の講義も途中なのだが、ふたりはもう、それどころ

「お喜代さん、鈴木の旦那《だんな》はおめえさんにも、ぜひ来てほしいようですぜ。きっと、似顔絵を描いてくれということだと思いやすがね」

「はい、承知しました。

先生、お供をしても、よろしいですよね」

お喜代が頰《ほお》をやや紅潮させ、伊織の顔を正面から見つめて懇願《こんがん》してくる。

ふたりの盛りあがりを見ては、伊織はとても供をしなくてよいとは言えない。

ましてお喜代は、同心の鈴木順之助の指名もある。

「そうですな、『解体新書』の実地講義としましょうかな」

伊織がお喜代の同行を認めた。

続いて、辰治に問う。

「親分、場所は下谷茅町のどこだね」

「吉岡一秀《よしおかいっしゅう》という易者の家です。ただし、易者は表向きで、裏では金貸しをしていて、家にはたんまり金があった。そこを狙われたわけでさ。くわしいことは、歩きながら話しやすよ」

伊織は辰治の説明を聞き、包茎手術をした大店の隠居所ではないと判断した。ということは、大名家のお家騒動とは無関係であろう。不忍池の近くなのは、偶然に過ぎない。ひそかに、安堵《あんど》のため息をついた。

「親分、お待たせした。では、行こうか」

伊織の合図で、みなは出発する。

一行は、辰治、伊織、供の助太郎、お喜代、供の平助の五人である。

助太郎は樫《かし》の棒に通して薬箱を肩にかつぎ、平助はお喜代の画材一式を風呂敷包みにして手にさげていた。

「いってらっしゃいませ」

下女のお末と、亭主《ていしゅ》で下男の虎吉が見送る。

歩きながら、さっそく辰治が説明をはじめた――。

吉岡一秀は女房と女中、下女の四人暮らしだった。金貸しをしているだけに用心深く、暮六ツ（日没）の鐘《かね》が鳴ると同時に門の扉と玄関の戸を閉め、たとえ誰が訪ねてきても、夜が明けるまではけっして内へは入れなかった。

ところが、賊《ぞく》のほうが一枚上手《うわて》だった。一秀の家の用心を、逆手《さかて》に取ったといってもよかろう。

昨日、そろそろ暮六ツの鐘が鳴るころだった。

門の外で、

『伊勢屋《いせや》でございます。お届けにまいりました』

という声がした。

伊勢屋は一秀が日頃、酒を頼んでいる酒屋である。御用聞《ごようき》きの小僧が注文を受け、酒を届けにきていた。

賊はそのあたりも、事前にちゃんと調べていたことになろう。

女中は一瞬、今日は酒を頼んでいないはずだがと、疑問が湧《わ》いた。しかし、やはり気が急いていた。

暮六ツの鐘が鳴れば、もう戸を開けることはできず、せっかく酒を届けにきた伊勢屋の奉公人を追い返さざるをえない。それは、あまりに気の毒である。つい、日頃の用心を忘れてしまった。

女中は一秀に確かめることもせず、あわてて玄関から出ると、門を開けてやった。

すると、ふたりの男が飛びこむように門内に入ってきた。そして、すぐに門を閉じ、閂《かんぬき》までかけてしまった。

ふたりとも、黒い布で覆面《ふくめん》をし、目だけ出していた。

女中の背中を押して、ふたりは格子戸《こうしど》を開け、家の中に押し入ってきた。ふたりとも、いつの間にか手にした匕首の刃を光らせている。

一秀は長火鉢《ながひばち》のそばに座り、銅壺《どうこ》で温めた酒をひとり、呑んでいたところだった。「あっ」と声を発したあとは、真っ青になっている。

いっぽう、ふたりはひとことも発しない。

ひとりが別の部屋にいた女房の腕をつかんで引きずってきて、一秀、女房、女中を一室に押しこめてしまった。

そして、匕首で脅《おど》しながら、用意していた紐《ひも》で一秀の腕を後ろにまわして縛りあげた。

『もうひとり、女がいたはずだな。どこにいる』

ひとりが、しゃがれた声で言った。

いかにも、作り声のようだった。

一秀はとっさに嘘《うそ》をついた。

『下女は湯屋に行っている』

ひとりが、もうひとりに目配せし、一階と二階を家探ししていた様子だが、ほどなくして戻ってきて、顔を横に振った。

下女はいないという意味である。

これで、ふたりとも、下女がいないのに納得した様子だった。

ところが、実際は、下女は台所の隅《すみ》の暗いところに身をひそませ、ぶるぶる震えながらも、じっと隠れていたのである。

考えてみれば、一秀の家では暮六ツを過ぎると門を閉じてしまうのが習慣だった。下女がそんな時刻に湯屋に行くはずはないのだが、周到に下調べをしていたはずの賊も、ころりと騙《だま》されてしまった。そのときは、気がまわらなかったのであろう。そのまま、下女のことは忘れてしまったようだった。

いっぽう、一秀のほうも誤解していた。というのも一秀は、下女がてっきり、隙《すき》を見て勝手口から抜けだしたと思いこんでいたのだ。

そのため、下女が自身番に走り、そのうち人が駆けつけてくるはずと、一秀は内心で高を括《くく》っていたわけである。

暮《くれ》六ツの鐘の音が響いてきた。

賊は女房と女中に命じ、行灯《あんどん》の火をともさせた。

「せっかく燗をしているのだから、いただこうじゃねえか」

長火鉢の灰《はい》に埋めた銅壺から酒を汲み、賊は黙って呑みながら三人をねめつけている。その落ち着きぶりが、なんとも不気味だった。

外がすっかり暗くなり、人通りも少なくなったのを確認して、賊のひとりが言った。

「金はどこだ」

「ここには、金は置いていない」

一秀が突っぱねた。

もうすぐ、自身番の人々が突棒《つくぼう》、刺股《さすまた》、袖搦《そでがらみ》などの捕物道具を持って駆けつけると期待していたのだ。

「まずは、脚《あし》からいこうか」

賊が、座っている一秀の右の太腿《ふともも》に、匕首をぐさりと突き刺した。

「うわっ、やめてくれ」

一秀が悲鳴をあげた。

ほとばしる血潮《ちしお》が着物はもちろん、畳まで濡《ぬ》らす。

自身番から人々が駆けつける気配はまったくない。

次に左の太腿を刺されたとき、一秀もついに屈《くっ》して、金のありかを教えた。

賊のふたりは押入れから壺《つぼ》を持ちだしてくると、中身を行灯の明かりで確かめた。

壺の中には小判《こばん》もあったのだが、ふたりは見向きもせず、二分金や南鐐二朱銀《なんりょうにしゅぎん》ばかりを、持参した布袋《ぬのぶくろ》に詰めていく。

その選び方に迷いはない。事前に、ふたりが打ちあわせていたことをうかがわせた。

布袋に二分金や南鐐二朱銀をびっしりと詰めこんだあと、ふたりはしばらく顔を見あわせていた。覆面をしているので、表情はわからない。

ふたりが拳《けん》を打ちはじめた。

勝ったほうが「へへっ」と笑い、負けたほうが「ちっ、婆《ばば》ぁか」と舌打ちをした。

相手を一秀の女房にするか、女中にするかを、じゃんけんで決めていたのだ。

その後、匕首で脅しながら、ふたりはそれぞれ、女房と女中を犯した。しかも、一秀の目の前だった。

ふたりの女を凌辱《りょうじょく》したあと、帯で身体を縛りつけた。

そう言うや、賊は膨らんだ布袋をそれぞれふところに押しこむと、行灯の火を吹き消し、そっと去っていった。

「あばよ」

賊が消えたのを知ると、それまで隠れていた下女は勝手口から飛びだし、裸足《はだし》のまま自身番に走った。

そして、泣きながら、押しこみがあったことを訴えた。

自身番が人数を集めて駆けつけたときには、もちろん賊の姿はなかったし、一秀は縛られたまま、出血で意識が朦朧《もうろう》としていた。

また、一秀の女房と女中も縛られていたが、その乱れた髪や裾《すそ》から、強淫《ごういん》されたのは一目瞭然《いちもくりょうぜん》だった。

人々は事情がわかるだけに、三人に応急の手当てをしてやりながら、かける言葉がなかった。

「――と、まあ、こんな具合だったのですがね。

賊のふたりが、少なくともひとりが一秀の家の事情をよく知っていたことは間違いありやせん。ここは、鈴木の旦那とわっしの見方が一致するところでしてね。もしかしたら、一秀と面識のある男だったかもしれやせん」

辰治が説明を終えた。

＊

伊織が言う。

「それで賊は覆面で顔を隠し、極力しゃべらないようにしていたわけか。しゃべると、声で気づかれる恐れがあった」

「それと、女ふたりを犯したのも、たんに女に飢えていただけじゃありやせんぜ。一秀に見せつけながら犯し、お上に訴えるのをためらわせるつもりだったのでしょう。

一秀にしてみれば、目の前で女房と女中が犯されたわけですからな。表沙汰《おもてざた》にはしたくないはず。金を盗まれたといっても、一秀からすれば端金《はしたがね》ですよ。

ところが、下女が自身番に駆けこんだことで、事件は表沙汰になってしまったわけです。賊にとっても、これは誤算だったでしょうがね」

「すると、小判は盗まなかったというのも、あえて根こそぎにはしなかったということか」

「小判は残しておいてやった。そうすれば、一秀もあきらめがつきます。それと、どうせ小判を盗んでも連中は使えませんからな。なまじ両替屋に持ちこめば、すぐに怪しまれますよ。賊の男たちは、このへんも心得ていたわけです。これらを考えあわせると、賊は一秀の身近なところにいる人間に違いない。そこで、鈴木の旦那の発案で、お喜代さんの出番となったわけですがね。

もう、すぐそこですよ」

辰治が指で、下谷茅町の表通りから奥に入っていく新道《しんみち》を示した。

新道は町家のあいだの細い道だが、裏長屋の路地よりは広い。

袋物屋と小間物屋のあいだの新道を奥に進むと、両側には黒板塀《くろいたべい》に囲まれた家や、仕舞屋《しもたや》が続いている。

一軒の仕舞屋の格子戸のそばに、

清元《きよもと》延津賀

と書いた看板《かんばん》が掛かっていた。

浄瑠璃《じょうるり》の清元の稽古所《けいこじょ》らしい。ところが、中から三味線の音がするでもなく、清元を語る声がするでもなく、まるで留守のように静かだった。

やはり近所で事件があり、町奉行所の役人が検使に来ているのを知って、遠慮しているのだろうか。

六

敷地は黒板塀で囲まれていた。門の脇《わき》に、

御うらない所
周易観相
吉岡一秀

と書いた看板が掛かっている。

看板のそばに、同心・鈴木順之助の供の、中間《ちゅうげん》の金蔵が立っていた。鈴木に命じられて、不審者が入りこむのを警戒しているらしい。

扉の開いた門を抜け、開放したままの格子戸からずかずか中に入りながら、岡っ引の辰治が叫んだ。

「旦那、鈴木の旦那、蘭方医と絵師がご到来ですぜ」

「おう、待ちかねたぞ」

返ってきたのは、鈴木の声である。

かなり奥まった部屋にいるようだった。

医者としては、なによりもまず怪我人の治療を優先すべきであろう。そう思った沢村伊織は、一秀の居場所を尋ねた。

一秀は部屋の中にひとりで、床柱に背中をもたれかけ、両足を投げだして座っていた。そばに、茶と煙草盆が置かれている。

年齢は五十代前半であろうか。小太りで、身体のわりに顔が大きかった。ただし、その顔は憔悴《しょうすい》し、目つきも陰鬱だった。

無理もあるまい。両太腿を刺されて出血したのに加え、目の前で女房と女中を凌辱されたのである。

さらに、金も奪われた。心理的な打撃が大きいに違いない。

「傷を診ましょうかな」

伊織がそばに座り、応急の血止めで巻かれた手ぬぐいを外し、両太腿の傷を確かめる。

匕首で突いただけなので、傷口はさほど大きくなかった。針と糸で傷口を縫《ぬ》うほどではない。

また、太腿なので内臓を傷つけている恐れもなかった。伊織は井上権之助の、肺を突き破っていた刺し傷を思いだした。

「死にはせんでしょう。蘭方医が手当てするほどの、おおげさな傷ではないですぞ」

なんとも無責任な発言は、鈴木だった。

いつの間にか、そばに来ていた。煙管《きせる》をくわえ、のんびり煙草をくゆらせている。

煙草盆に煙管の灰を落としたあと、鈴木が一秀に言った。

「おい、声のぬしを思いだしたか」

「いえ、思いだせません。どこかで聞いた声のような気はするのですが。無理ですね」

一秀が暗い表情で答えた。

相変わらず、鈴木が気楽な口調で言う。

「まあ、てめえはここで、ゆっくり療養することだ。

さて、みんなはちょいと、こちらに集まってもらえますかな」

その言葉に応じて、家の中にいた人々が一室に集まってきた。

そこには一秀の女房のお弘《ひろ》と、女中のお富《とみ》がいた。

お弘は四十前後で、でっぷりと太っていた。お富は十八、九歳であろうか。ふたりとも、やつれた表情をしている。

鈴木が言った。

「賊はふたりとも覆面で顔を隠し、ほとんどしゃべらなかったわけですが、こちらのお富にのしかかっていた男が、途中で覆面が外れてしまいましてね。

もちろん、男はあわてて覆面を付け直したそうですが、そのとき、お富は相手の顔をはっきり見たというのです。知らない男だったそうですがね」

「ほう、男があの最中に思わず覆面を落とすほどか。よほど夢中になったのだろう。たいしたものだぜ」

辰治が無神経な冗談を言う。

お富はうつむき、お弘は不機嫌そのものだった。お喜代は眉《まゆ》をひそめている。

鈴木がお喜代に向かって言った。

「そこで、おめえさんの出番だ。

こちらのお富から、目は細いほう、鼻は低いほうなどと、くわしく聞き取って、男の似顔絵を描いてくんな」

「え、話を聞いただけで、顔を描くのでございますか」

さすがにお喜代も驚いている。

緊張から、顔がやや青ざめていた。

「それは、無理ではございませんでしょうか」

「無理を承知で、まあ、やってみてくだされ。

さあ、みなは邪魔をしないよう、ここから出るぞ。女だけのほうが、話もしやすいだろうからな。

とくに、辰治、てめえがいちばん邪魔になる。てめえが下品な茶々を入れると、まとまる絵もまとまらないからな」

「へへ、これは手厳しいですな。まあ、わっしがいると、女がもじもじして、ろくに口もきけなくなるというのは、わかりやすがね」

辰治はけろっとしている。

それでも、お富、お弘、お喜代、平助の四人を残して、みなは部屋を出た。

お喜代はさっそく平助に、持参した画材を準備させている。


手持無沙汰になった伊織は、長火鉢の置かれた部屋に足を踏み入れた。

一秀が両腿を刺され、お弘とお富が犯された場所である。なんとなく気になり、伊織は自分の目で確かめてみたかったのだ。

広さは八畳くらいで、長火鉢のそばの畳には血の染みがある。

背後に刀掛けが置かれ、大小の刀が掛かっていた。一秀は、自分は武士だと誇示《こじ》していることになろうか。もちろん、武士は僭称《せんしょう》であろう。

金貸しを業にしていることから、借金に来た人々への威圧効果を狙っていたのかもしれない。また、護身用《ごしんよう》だったのかもしれないが、昨夜の押しこみ強盗には無力だったことになろう。

部屋の隅々まで観察していた伊織は、畳の上に虹色《にじいろ》に光る小さな物が落ちているのに気づいた。

指先でつまみ、ながめたあと、助太郎に命じて薬箱から虫眼鏡を取りださせた。

伊織が虫眼鏡で観察していると、辰治がそばに来た。

「先生、なにか見つかったのですかい」

「魚の鱗《うろこ》のようですな。なぜ、こんなところに魚の鱗が落ちていたのか」

「ほほう、もしかしたら、賊のどちらかの着物にくっついていたのかもしれませんぜ。この場所で、女の上に重なって、せっせと腰を動かしていたわけですからね。こすれて落ちたのかもしれません。これは、手がかりになりそうですぜ。

旦那、旦那、ちょいと来てくださいな」

辰治の呼び声に応じて、鈴木が姿を見せた。

見つかった場所を聞いたあと、鈴木は手に取ってながめる。

「ふうむ、鯛の鱗のようですが、鯛にしては大きいですな。鯛よりもっと大きい魚といえば、なにかな」

「わっしは、鯛なんぞという上品な魚には縁がないので、なんとも言えませんがね。鯛より大きいと言えば、鮫《さめ》か、鮪《まぐろ》か、鯨《くじら》か、そんなところですぜ」

煙管をもてあそびながら考えていた鈴木が、なにか頭に浮かんだようだ。

「魚屋ならわかるだろう。おい、辰治、てめえ、その鱗を魚屋に見せて、なんの魚か確かめてこい」

「へい、かしこまりやした。表通りには、棒手振の魚屋が歩いていますからね。そいつらを取っ捕まえて、尋ねてみやすよ」

「親分、おいらも手伝います」

助太郎が名乗り出る。

「おう、おめえが一緒だと心強いや。ふたりで、手分けして魚屋を取っ捕まえよう。

先生、お弟子《でし》を借りやすぜ」

もはや伊織は口出しできない。

辰治と助太郎が外に飛びだしていった。

部屋に鈴木と取り残された伊織は、この機会を利用して、死んだ井上権之助から聞き取った、清水久左衛門との確執《かくしつ》を報告した。

すでにふたりは死に、葬《ほうむ》られている。町奉行所はなにもできない。

伊織は、井上の語った内容を告げても、もはや支障《ししょう》は生じないと判断したのだ。

ひとえに、鈴木の腹ふくるる心地を解消させるためだった。

＊

「できました」

お喜代が声をかけてきた。

一枚の紙を差しだす。

そばには、書き損《そん》じの紙が散乱している。悪戦苦闘《くとう》のあとだった。

伊織と鈴木がさっそくながめる。

紙には二十代初めくらいの男の顔が描かれていた。

目が細く、ややつりあがっている。鼻はいわゆる団子鼻で、口元は反《そ》っ歯《ぱ》気味だった。どこから見ても、美男子ではない。

かといって、凶悪そうな人相でもない。強《し》いて言えば、どこにでもいそうな男の顔だった。

「どうだ、この男だったのか」

鈴木が似顔絵を、女中のお富に示した。

お富こそ、似顔絵作成に際しての供述者《きょうじゅつしゃ》だった。

ところが、肝心のお富は泣きそうな顔になっている。

「へい、なんだか、あたしは途中で、わからなくなってきまして。そんな顔だったような気もするのですが、違う気もします。本当に、もう、わからなくなってきたのです、へい、申しわけありません」

「おめえは、どうだ。この顔に見覚えはあるか」

鈴木が、今度はお弘に似顔絵を突きつける。

お弘は首をひねった。

「さあ、見たことがあるような、ないような……」

「よし、では、亭主に見てもらおう」

鈴木が一秀のもとに向かう。

そのあとに、伊織をはじめ、みながぞろぞろと続いた。

一秀は相変わらず柱にもたれ、足を投げだしたままのかっこうだった。

暗い顔で、煙管をくゆらせている。

すでに調べは終わったはずなのに、役人がまだ家の中にとどまっているのが不審であり、迷惑なのかもしれない。

「おい、これは昨夜、押し入った賊のひとりの人相だ。この顔に、見覚えはあるか」

鈴木が似顔絵を差しだす。

受け取った一秀は、しげしげとながめたあと、

「わかりません。これじゃあ、わかりっこありませんよ」

と、吐き捨てるように言った。

その口調は腹立たしげですらあった。

伊織の横で、固唾《かたず》を呑んで結果を待っていたお喜代が、がっくりとうなだれた。目にはうっすらと涙が浮かんでいる。

役に立たなかったという徒労感《とろうかん》はもとより、自分の画才を否定されたような気分に違いない。

その落胆ぶりを見ると、伊織も言葉をかけられない。

そのとき、辰治と助太郎の弾《はず》んだ声がした。

「わかりやしたぜ」

「わかりましたよ」

ふたりは意気揚々と、家の中に入ってくる。

辰治が報告する。

「通りを歩いていた棒手振の魚屋を呼び止め、鱗を見せて、

『これは、なんの魚かわかるか』

と尋ねたんですがね。

するってえと、野郎は鱗をひと目見ただけで、

『こりゃあ、鯛ですぜ。これだけ大きな鱗となると、目の下三尺《さんじゃく》の鯛ですぜ』

と、自信たっぷりに言いましたよ。

さすが、『餅《もち》は餅屋』ならぬ、『魚は魚屋』ですぜ。鱗を見ただけで、鯛とわかりましたからね。

ただし、ひとりだけでは心もとないですからね。そこは念には念を入れまして、別な棒手振も呼び止めて、鱗を見せたんですよ。するってえと、

『これは目の下三尺の鯛ですぜ』

と、やはりあっさり、鯛の鱗だと断言しました。

もう、鯛の鱗に間違いありません。

ところで、わっしは『目の下三尺』の意味がわからなかったので、尋ねたのですよ。

するとと、ふたりとも、

『大きな鯛のことでさ』

『目の下三尺の大鯛ですよ』

と、笑っていました。

わかったような、わからないような答えでしてね。旦那、どんな意味か、わかりやすか」

「目の下三尺は、目の下から尻尾《しっぽ》の先まで三尺（約九十センチ）あるということだ。三尺はおおげさだろうがな。要するに、大きな鯛のことだ」

「へえ、目の下三尺は大きな鯛のことですか。

しかし、『臍下三寸《へそしたさんずん》』と言いますぜ。臍から三寸（約九センチ）下はへのこ。べつに、大きなへのこのことじゃありません。小さなへのこでも、臍下三寸。妙ですな」

辰治が大真面目な顔で言った。

とぼけているのか、本気なのか、判断できない。

鈴木が吹きだし、

「おい、目の下三尺と臍下三寸を一緒にするな」

と、笑いながら叱《しか》った。

辰治もニヤニヤしている。

こんな場所で卑猥《ひわい》な冗談を言い、笑いあっている様子に、伊織はややついていけないものを感じた。

ほかの者も同様であろう、憮然《ぶぜん》としている。お喜代にいたっては、まだ立ち直れないのか、悄然《しょうぜん》としていた。

また、一秀の女房のお弘と女中のお富は強淫の被害者だけに、同心と岡っ引のやりとりにあきらかに怒りを覚えているようだった。

顔つきをあらため、鈴木が言った。

「鱗が着物についていたのは、包丁で鯛を捌《さば》いたからだろう。鱗が飛び散ったのだろうな。

しかし、棒手振の魚屋が、目の下三尺の鯛を捌くとは考えられない。目の下三尺の鯛を捌くとなれば、料理屋の料理人くらいだろうぜ。

おい、不忍池のまわりには、高級な料理屋が多いぞ。もしかしたら、そこの料理人ではないか」

「なるほど、ここからは近いですな」

辰治が大きくうなずく。

伊織も内心でうなった。

（う～ん、鋭いな）

やはり、鈴木の推理は鋭敏だった。

そのとき、一秀が叫んだ。

「思いだしたぞ」

みなは一瞬、その突然の大声にビクリとした。

まわりの視線を一身に集め、一秀の顔は紅潮している。

「もう一度、人相を見せてください」

鈴木から似顔絵を受け取る一秀の手は、かすかに震えていた。

かなり興奮しているようだった。

睨《にら》みつけるような目で似顔絵を凝視《ぎょうし》したあと、一秀が断言した。

「安兵衛《やすべえ》です。うむ、間違いありません。あいつです。

池之端仲町《いけのはたなかちょう》に『野上屋《のがみや》』という料理屋があります。野上屋の料理人の、安兵衛に違いありません」

「その安兵衛と、どういう関係だ」

「野上屋は数年前から、ひいきにしておりました。あるとき、料理があまりにうまかったので、女中を通じて料理人に祝儀を渡したのです。

すると、安兵衛が座敷に礼を述べにきましてね。そのとき以来、何度か話をしたことがございます。話と言っても、立ち話程度ですが。

さきほど、人相を見せられたときには見当もつかなかったのですが、料理屋の料理人ではないかというお話を聞いていて、ハッと思い浮かんだのです」

「そうだね、野上屋の安兵衛だよ」

似顔絵をのぞきこみながら、女房のお弘も同意した。

夫婦で野上屋に行ったこともあるらしい。

一秀が憤怒《ふんぬ》で目をギラギラさせ、

「くそぅ、あの野郎め」

と、歯ぎしりした。

「まあ、そう、いきりたちなさんな。おめえさんの女房を手ごめにしたのは、安兵衛じゃないぜ」

辰治が慰《なぐさ》めにもならない慰めを言った。

鈴木が一秀に確かめる。

「声はどうだ。その安兵衛の声だったか」

「それは、なんとも……しかし、安兵衛の声ではない、とも言えませんが」

「あたしは、あれは安兵衛の声だったと思うよ」

お弘が横で強調した。

辰治が鼻息荒く言った。

「旦那、決まりですぜ。

池之端仲町の野上屋に行って、安兵衛の野郎に、お縄をかけやしょう。四《し》の五《ご》の言えば、その似顔絵を突きつけて、

『もう、言い逃《のが》れはできねえぞ。この絵を見ろ』

と、どやしつけ、張り飛ばしてやりやすよ。

いや、それこそ、臍下三寸を踏みつけてやりやすぜ」

もう、腕まくりせんばかりに勇《いさ》みたっている。

鈴木の言葉次第では、そのまま飛びだしそうだった。

伊織がふと見ると、お喜代はみなから離れて、ひとり部屋の隅に立ち、胸の前で両手を固く握りしめている。胸がドキドキしているのであろう。顔面は蒼白《そうはく》だった。

「まあ、待て。『急《せ》いては事を仕損じる』と言ってな。まあ、待て」

鈴木は慎重さを崩さない。

辰治は同心の腰の重さに、なんとも不満そうだった。

伊織も、この期《ご》に及んでの鈴木の悠長《ゆうちょう》さに、やや意外さを覚えた。いったい、なにをためらっているのだろうか。

すると、鈴木が言った。

「安兵衛の相棒を、仮に『甲』と名付けよう。甲の正体がわからない。

野上屋に押しかけて捕物騒ぎを演じてみろ、すぐに近所に噂が広がって、聞きつけた甲がすばやく逃げてしまうかもしれない。

甲に逃げられると、厄介だぞ。金を持っているだけに、遠くに逃げることもできよう」

「へい、たしかにそうですな。じゃあ、どうしやしょう」

「てめえ、子分を集めろ。そして、野上屋を見張り、安兵衛がひとりで出てきたところを捕らえろ。用事にかこつけ、呼びだしてもよい。

安兵衛を捕らえたら、人目につかないところに引っ張りこんで、甲の正体を白状させろ。ちょいとくらい、痛い目に遭わせてもいいぞ。ただし、目立つような怪我はさせるな。

甲の正体がわかれば、あとは一気呵成《かせい》だ。てめえと子分で、寄ってたかって甲を召し捕れ」

「へい、わかりやした。

さあ、これから子分どもに、ひと働きしてもらいやすぜ」

にわかに事態が緊迫《きんぱく》してきた。

鈴木が伊織に向かって言った。

「これからは、我々にお任せください。

ご苦労でしたな。後日、くわしいことはお知らせしますぞ」

もう、帰ってよいということだった。いや、帰ってほしいということであろう。

「わかりました。では、われわれは、これで引きあげます」

挨拶をして、伊織と助太郎、お喜代と平助は辞去する。

お喜代の顔には疲労の色が濃い。緊張の糸がゆるみ、どっと疲れを覚えているのであろう。

いっぽう、助太郎はなんとも無念そうだった。自分も捕物に参加したかったのに違いない。未練そうに、鈴木や辰治のほうを振り返っている。

七

岡っ引の辰治が訪ねてきたとき、助太郎の手習いも、お喜代の『解体新書』の講義も終了間際だった。

それなりに、辰治は時刻を見はからってきたようだ。しかも、手土産《てみやげ》に大福餅《だいふくもち》を持参していた。

「まだ温かい。みんな、温かいうちに食いなせえ」

辰治は、沢村伊織や助太郎、お喜代はもちろん、供の平助、下女のお末や下男の虎吉にも勧めるという気前のよさだった。

小豆《あずき》の餡《あん》を薄い餅の皮で包み、蒸し焼きにしていた。手に取ると、うっすらと湯気が立ちのぼる。

「鈴木の旦那が、持っていけと言いやしてね。あの旦那は、とくにお喜代さん、おめえさんに食べてもらいたいようですぜ」

「え、あたしにですか」

お喜代は大福餅を手にしたまま、戸惑っている。

「おめえさんの似顔絵のおかげで、悪党を捕らえることができやしたが、町奉行所からは褒美《ほうび》は出ない。鈴木の旦那も、そのあたりを気にしていましてね。せめて大福餅でも、というわけでさ」

辰治が愉快そうに笑った。

同心・鈴木順之助からの差し入れというわけだった。

「うまい、うまい」

助太郎は夢中になって大福餅にかぶりついている。

お喜代は上品に指で小さくちぎりながら、

「あたしも大好物ですよ」

と、口に入れている。

伊織はひと口、頬張り、小豆餡の甘さを口の中に残したまま、

「安兵衛と、鈴木さまが言うところの甲は、召し捕ったのか」

と、尋ねた。

「まあ、これから順に、お話ししやすがね。

あれから、鈴木の旦那の指示どおり、池之端仲町の野上屋を見張りました。そして、目立たないように、料理人の安兵衛を召し捕りましてね。

召し捕られるとき、安兵衛は、

『あの女、俺の顔は知らねえはずだが』

と、不思議そうでしたな。

野郎も、お富を手ごめにしているときに覆面が外れたものの、相手が自分の顔を知らないはずと、安心していたのでしょうな。

そこで、似顔絵を突きつけて、

『こういうものがあってな。お上《かみ》のお調べから逃げられると思うな』

と、自慢してやりましたよ。

似顔絵に観念したのか、安兵衛はあっさり、甲の正体を白状しました。

甲は、あのあたりに巣くう、信介《しんすけ》というやくざ者でした。やくざ者と言っても、下《した》っ端《ぱ》ですがね。

吉岡一秀は金貸しをしているだけに、借金の取り立てにやくざ者を使っていたのです。自分が出かけるとき、用心棒にやくざ者を雇うこともあったようです。

そんなわけで、信介も一秀の家の内情を知っていたわけですな。

安兵衛と信介は、博奕《ばくち》を通じて知りあったようです。そして、ふたりで一秀を襲う計画を練ったわけですな。行きあたりばったりではなく、それなりに考えた計画だったと思いやすぜ。

それはともかく、信介は、野上屋からすぐ近くの長屋に住んでいました。安兵衛から信介の住まいを聞きだすや、わっしと子分どもは間髪《かんはつ》をいれず、駆けつけましてね。

見事、信介を召し捕りましたよ。あざやかなものでしたぜ。

召し捕られたとき、信介はポカンとした顔をしていましたよ。こうも早く捕まるのが、信じられない気分だったのでしょうな。

最初は、信介の野郎、

『親分、これはなにかの間違いですぜ。あっしは、なにも悪いことをした覚えはありません』

などと抗弁《こうべん》していました。

しかし、わっしが、

『悪あがきをするな。安兵衛が全部、白状したぜ』

と言うや、ついに観念しましたよ。

ついでに、わっしは、からかってやりました。

『一秀の女房は、てめえには物足らなかったようだぜ。てめえ、小さいのに加えて、早すぎるんじゃねえのか』

信介は顔を赤くして、しょげ返っていましたよ。

召し捕られたのより、へのこが小さく、早漏と評されたのが、ぐさりときたのかもしれません」

辰治がさもおかしそうに笑う。

伊織は返答に窮《きゅう》した。

お喜代は目を伏せている。

そんな反応はいっこうに気にならないのか、辰治が言葉を続けた。

「やはり、鈴木の旦那の読みのとおりでした。あの旦那は、たいしたものですぜ。

こうして、安兵衛と信介を召し捕ったわけですが、その後、ふたりが奪った二分金や南鐐二朱銀を詰めた袋も見つかりました。合わせて、百両近くありやしたよ」

「ふうむ、それで、ふたりはどうなるのだろうか」

「死罪でしょうな」

辰治があっさりと言った。

安兵衛と信介が死罪になると聞いても、伊織はとくに驚きはなかった。

しかし、お喜代はかなりの衝撃を受けたのか、

「はっ」

と小さく叫び、頬をこわばらせている。

自分の描いた似顔絵がふたりの死罪につながったと考えると、やはり心穏やかではいられないのであろう。

目には、なんともつらそうな光がある。

そんなお喜代を横目で見て、辰治が得々と説明する。

「小伝馬町《こでんまちよう》の牢屋敷《ろうやしき》の死罪場で、首を斬られるわけです。血飛沫《ちしぶき》がほとばしり、首がころりと落ちるわけですな。

そのあと、首を失った身体は、山田浅右衛門《やまだあさえもん》にさげ渡されましてね。

首なしの死体を使って、山田浅右衛門とその弟子たちが、刀の試《ため》し斬《ぎ》りをします。無残なものですぜ。

胴体も手足も、ずたずたに斬られてしまいましてね。もう最後は、烏《からす》でもつつけるくらいの肉片ですぜ」

お喜代がウッと、肩を震わせた。

吐き気をもよおしたらしい。

ついさきほど、大福餅は大好物と言いながら、おいしそうに食べていたのだが、いまは胃の中で逆流しているかもしれない。顔から血の気が失《う》せている。

さすがに伊織も見兼ねて、

「まあ、親分、死罪の話はそのくらいで」

と、話の腰を折った。

辰治はニヤニヤしている。お喜代が自分の話に嫌悪感《けんおかん》を覚えているのが、おもしろくてたまらないようだった。

「それはそうと、鈴木の旦那は、似顔絵を用《もち》いる方法に自信を持ったようでしてね。

これからも、お喜代さんには力を貸してほしいとのことでした。鈴木順之助に成り代わり、わっしからも、よろしくお頼み申しますよ」

「あ、は、はい」

お喜代は返事をしながらも、かなり困惑していた。

辰治が帰り、お喜代と助太郎も帰宅したあと、伊織はひとりで本石町二丁目に向かった。加賀屋伝左衛門を訪ねるためである。

＊

下谷七軒町を出発した伊織は、新し橋で神田川を越え、あとは途中で何度か人に道を尋ねながら、本石町を目指す。

本石町の通りの両側には、いかにも老舗《しにせ》らしい大店が軒を連ねていた。そんな通りを歩きながら、伊織はまわりの光景にどこか見覚えがある気がした。

ハッと気づいた。

（長崎屋があるではないか）

なんと、本石町三丁目には、オランダ人の指定旅籠屋《はたごや》である長崎屋があった。

文政《ぶんせい》九年（一八二六）、オランダ商館長の一行が江戸参府《さんぷ》のため、長崎を出発した。これに、医師のシーボルトも同行していた。江戸に到着した一行は長崎屋に宿泊する。

当時、伊織は、大槻玄沢が主宰する芝蘭堂で、蘭学と蘭方医学を学んでいた。

たまたま機会を得た伊織は、長崎屋に滞在中のシーボルトを訪ね、面会することができた。そして、これが、長崎の鳴滝塾でシーボルトに師事することにつながったのである。

（ここで、初めてシーボルト先生にお目にかかったのだったな）

伊織は立ち止まり、長崎屋をながめた。

一行が滞在中、オランダ人の姿をひと目見ようと、長崎屋のまわりには物見高い見物人が詰めかけていたものである。もちろん、いまはオランダ人の姿はない。

あの日、シーボルトに会わなかったら、自分の人生はかなり違ったものになっていたに違いない。

しばし感慨《かんがい》にふけったあと、ふたたび歩みを進める。

店先に菰樽《こもだる》を積みあげてあるのを見て、

（ここかな）

と、伊織は見当をつけた。

看板を見ると、

酒

油

両替
加賀屋

とある。やはり、ここが加賀屋だった。

広い土間に足を踏み入れ、手代らしき若い男に声をかけた。

「蘭方医の沢村伊織と申す。ご主人の伝左衛門さんにお目にかかりたいのだが」

「へい、少々、お待ちくださいい」

手代が奥の帳場に向かう。

しばらくして、羽織姿の番頭らしき男が帳場を立って、わざわざ店先まで出てきた。

「申しわけございません。主《あるじ》の伝左衛門はあいにく、外出中でございます。先生のことは、主からうかがい、承知しております。

いかがなさいますか、もし、長屋をご覧になりたいのであれば、藤兵衛《とうべえ》と申す手代に、これからご案内させます。

藤兵衛は長屋の件に関しては、すべて承知しておりますので。なにかございましたら、すべてこの藤兵衛にお申しつけください」

番頭の応対は慇懃だった。

主人の伝左衛門は留守だったが、前触れもなく訪ねてきたのだから、致し方なかろう。

「せっかくここまできたので、できれば、長屋にご案内いただければありがたいですな」

「わかりました。すぐに、藤兵衛に申しつけます」

手代の藤兵衛は二十代の後半のようだった。伊織とさほど変わらない。

さらに、丁稚小僧がひとり、ついていた。

「では、ご案内いたします」

藤兵衛が丁寧《ていねい》に一礼した。

その口調も物腰も、いかにも商人らしく柔和《にゅうわ》だった。

驚いたのは、いつの間にか駕籠《かご》が呼ばれ、用意されていたことだ。主人の伝左衛門があらかじめ、番頭やおもだった手代に指示していたのがわかる。

「くれぐれも失礼のないように」ということだろうか。

伊織は恐縮しながら、駕籠に乗りこんだ。

藤兵衛と丁稚が供をして、駕籠は本石町二丁目から須田町一丁目に向かう。伊織にしてみれば、ほとんど引き返すに等しい。

須田町に入ると、水菓子《みずがし》問屋が目についた。店先に蜜柑《みかん》や柿《かき》、葡萄《ぶどう》が並んでいる。どれも、みずみずしかった。手に取れば、香りがさわやかであろう。

駕籠が停《と》まった。

「先生、着きました」

藤兵衛の声にうながされ、伊織は駕籠からおり立つ。

表通りに面して、八百屋《やおや》と紙問屋があり、二軒のあいだに木戸門があった。木戸門をくぐると、路地が奥に続いている。

路地にはドブ板が敷き詰められていて、下にはドブが流れていた。裏長屋に共通する構造である。

路地の両側には、二階長屋が連なっている。

二階長屋の、木戸門にもっとも近い部屋が大家の仕まいになっていた。

藤兵衛が声をかけ、大家が顔を出した。

「へい、大家の茂兵衛《もへえ》でございます。ご苦労さまです、へい、万事《ばんじ》、承知しておりますので、へい」

長屋の持ち主である加賀屋から手代が来ただけに、茂兵衛も応対は丁重《ていちょう》である。どことなく、鼠《ねずみ》を思わせる容貌だった。真岡木綿《もおかもめん》の袷《あわせ》を着て、足元は下駄履《げたば》きである。

「では、ご案内いたしましょう」

茂兵衛がドブ板を下駄でゴトゴト鳴らしながら、先に立つ。

あちこちで、子どもの騒ぐ声や、赤ん坊の泣き声がする。

奥に進むと、二階長屋が途切れ、ちょっとした広場になっていた。

広場に共同井戸、総後架《そうこうか》（共同便所）、ゴミ捨て場が集まっている。これも、裏長屋に共通した構造だった。

井戸端《ばた》で洗濯をしていた数人の女が、こちらをうかがい、小声でささやきあっている。いったい何事かと、想像をたくましくしているに違いない。

広場を過ぎると、ふたたび路地の両側に長屋が続くが、すべて平屋だった。

「ここで、ございます」

そう言いながら茂兵衛が立ち止まったが、急に眉間《みけん》に皺《しわ》が寄る。

中から、赤ん坊の泣き声がしてきたのだ。

茂兵衛は首をかたむけ、

「妙だな。誰もいないはずだが」

とつぶやきながら、腰高障子《こしだか》を開けた。

八畳ほどのがらんとした部屋には、三人の女の子がいた。それぞれ、そばに赤ん坊が寝転がっている。そのうちのひとりが、泣いていた。

「てめえら、空き家に入りこんで、なにをしているんだ」

茂兵衛が怒鳴った。

女の子の前には、人形や、おはじきらしいものがある。妹や弟の子守を命じられた女の子同士で、遊んでいたのだ。

子守はずっと、赤ん坊をおんぶしていなければならない。ところが室内では、赤ん坊をおろせるというわけだった。空き家は女の子にとって身軽になって遊べる、かっこうの場所だったのであろう。

「まああ、べつに悪いことをしているわけじゃああ、ありませんから。相手は女の子ですからね」

藤兵衛が茂兵衛をなだめた。

それでも、自分の管理能力を示すためもあってか、茂兵衛は小言《こごと》を続ける。

「とっとと、出ていかないか。とんでもないガキどもだ。

おい、ゴミを残すなよ。今朝、掃除をしたばかりだからな。ゴミはちゃんと拾っていけ。

まさか、畳に小便を洩《も》らしてないだろうな」

女の子たちはそれぞれ赤ん坊を背負い、遊び道具を掻《か》き集めている。みな、しおらしそうな態度をしているが、腹の中では茂兵衛に「あっかんべえ」をしているに違いない。

そんな女の子たちを見ながら、伊織は笑いを嚙《か》み殺す。

藤兵衛が心配そうな顔で言った。

「先生、こういう場所なのでございますが、よろしいでしょうか」

「私は裏長屋に暮らしたこともありますからね。なにも気にしていませんぞ」

伊織はすでに、ここに出張診療所を開くことを心に決めていた。

コスミック・時代文庫

秘剣《ひけん》の名医《めいい》
八
蘭方検死医 沢村伊織

【著 者】
永《なが》井《い》義《よし》男《お》

【発行者】
佐藤広野

【発 行】
株式会社コスミック出版
〒154-0002 東京都世田谷区下馬 6-15-4
代表　TEL.03(5432)7081
営業　TEL.03(5432)7084
FAX.03(5432)7088
編集　TEL.03(5432)7086
FAX.03(5432)7090

【ホームページ】
https://www.cosmicpub.com/

【振替口座】
00110 - 8 - 611382

【印刷／製本】
中央精版印刷株式会社

ISBN978-4-7747-6263-0 C0193